9S memories

ナインエス

The Security System that Seals the Savage Science Smartly by its Supreme Sagacity and Strength.

初出

夏の日の空になりたい・・・・・・・・・・・・・・・・・・電撃hp Vol.41
Romantic holiday・・・・・・・・・・・・・・・・・・・・・・電撃hp Vol.50

書き下ろし

亜麻色の髪の娘

葉山 透
Tohru Hayama
イラスト◆山本ヤマト
Yamato Yamamoto
9S memories
ナインエス

9S memories

1話

夏の日の空になりたい

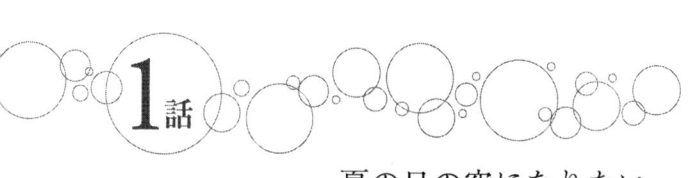

プロローグ

やあ、僕は八代一《やしろはじめ》。

ＡＤＥＭって組織で総司令の秘書官をしてる。上司や同僚《どうりょう》や部下からの信頼《しんらい》も厚い、二十七歳、前途洋洋の若者さ。

面《つら》の皮が厚いとか、何を言っても馬耳東風とか、緊張感《きんちょうかん》のネジがまとめて緩《ゆる》んでるとか、いろいろ噂《うわさ》されてるけど、これも人気者故《ゆえ》、愛されてる証拠。

……ほんとだってば。ま、こうでも思わないと中間管理職なんてやってられないともいうけどね。

さて、寂しくなる話はこのくらいにして、今日は峰島由宇《みねしまゆう》のことについて話そうと思う。

僕が最初にＮＣＴを訪れたのは今から五年前。入局して四ヶ月目のことだった。

まだ研修を終えたばかりの僕が、国家最高機密であるＮＣＴに行ったのは、ズバぬけて優秀で将来を有望視されたエリートだったから……と言いたいところだけど、予想の通り違う。恥ずかしながら人手不足。いつものウチらしい理由だね。

大きい遺産犯罪事件が解決されたら、かなりの量の遺産が発見された。さらに重ねて大きい事件が二つ起こって、ADEMの職員もNCTの所員もおおわらわ。伊達《だて》さんの海外出張も重なってたっけ。

それで仕方なく新人の僕が、さして重要でないと思われる遺産搬入《はんにゅう》の担当指名を受けた。遺産を持って、東京からNCT研究所まで、二十四時間限定二級のパスで日帰り出張ってわけさ。

あの日の僕は遺産のコンテナとともに、ヘリコプターでNCT研究所に降り立った。

そこで僕は峰島由宇に会った。NCTの地下1200メートルのあの部屋で。

彼女はまだ十二歳だった。今みたいに拘束具でがんじがらめの姿じゃなく、もっと自由があったかな。孤独であることに変わりはなかったと思うけど。

今よりもっと小さくて、真っ白な肌に漆黒《しっこく》の髪に、黒真珠《くろしんじゅ》みたいな瞳《ひとみ》をしてた。彼女は本当にお人形みたいだったよ。中国の陶磁器の人形か、精巧な日本人形みたいだった。絶世の美少女って言葉は峰島由宇のためにあるんだと思った。

うん、外見だけなら、彼女は本当に物語の中の「囚《とら》われのお姫様」そのものだった。

外見だけなら……ね。

さて肝心のコンテナの中だけど、ドーベルマンっていうか、ケルベロスみたいな、一匹の黒い犬。ゲノム・リモデル実験の哀《あわ》れな犠牲《ぎせい》。厳重な強化ガラスの檻《おり》に入れられて、僕と一緒《いっしょ》にNCTに運ばれた。

僕の仕事は、その遺産の犬を担当者に引き渡して、仮の遺産ナンバーをもらって帰ってくること。本来なら、一時間もあればすむ、ほんとに簡単な新入局員のお使い程度のはずだったんだけどね。

でも、事件は起こった。忘れもしない、五年前の七月十三日。

梅雨が明けて本格的に暑くなり始めた、ある初夏の一日だった。

1

「ええと、こまったな。第十七区画ってどう行けばいいんだ？」

八代一《やしろはじめ》は三叉《みつまた》に分かれた通路で、一人、途方にくれた。

「あの、すみません……あ、イタタっ」

故意ではないのだろうが、肩を突き飛ばされた八代は情けない声をあげてしまう。職員は皆、殺気だった急ぎ足で、新入局員の八代の横を通り過ぎていく。

限定二級の権限をもらい、無機質なゲートの中で大脳新皮質番号をチェックするため、赤い格子状のスキャニングの光が通り過ぎる数秒の間こそ「おお、それっぽい」とミーハーに喜んでいた八代も、だんだんと不安げな表情が勝ってくる。

キョロキョロと観光客のようにものめずらしげに周囲を見渡していたのもつかのま、すぐに彼の口から愚痴《ぐち》ともとれる独り言がこぼれた。

「もう少し親切な案内表示とかあってもいいと思うんだけどな。いくら国家最高機密っていったって、僕みたいに慣れない人間もいるんだし……。これじゃ、非常事態が起こったとき、逃げ遅れて死んじゃう人もいるんじゃない……？」

声はどんどん小さくなってくる。

就職する前から怪しい組織だと解《わか》っていた。国家予算の０・２パーセントも使用しているにもかかわらず不透明な部分が多い。The Administrative Division of the Estate of Mineshima、通称ＡＤＥＭ。マッドサイエンティスト、峰島勇次郎《みねしまゆうじろう》が残した、遺産と呼ばれる数々のオーバーテクノロジーを保管、管理し、遺産犯罪には時に武力行使で対処する、峰島の遺産管理局。日本の一組織であるにもかかわらず、国連の後ろ盾を持ち、時に超法規的な活動をも可能にする。ＡＤＥＭとはそういう組織であった。

その組織内でもＮＣＴ研究所と呼ばれるところは、極めつけの隠蔽度《いんぺいど》だ。

入局して四ヶ月。新人研修を終え、一ヶ月前に配属が決まったばかりの八代は、まさかこんなに早く、ＮＣＴ研究所にこられるとは思っていなかった。知らせを聞いたときは、

――気分はエリア51の探検気分ですね。墜落《ついらく》したＵＦＯから拉致《らち》したグレイ型宇宙人がいても、僕は驚《おどろ》きませんよ。

と上司に軽口を叩《たた》いたが、実際に見る堅実で地味な建物は、映画のようなどこかセットじみ

た感じがなく、妙な現実味があり、このまま自分の存在そのものが抹消《まっしょう》され、この建物の中に永遠に閉じ込められてしまうような恐怖感を抱かせた。

「ああ、ダメだ、ダメだ。僕は何を弱気になってる。スマートに終わらせてさっと帰ろうじゃないか」

自分に言い聞かせるようにつぶやいた八代《やしろ》は、

「とりあえず右に行こう」

と適当に台車を押しながら進み始めた。

しかしすぐにまた、三叉路《さんさろ》が現れ、八代を悩ませる。

「うーん。やっぱり間違えたのかなあ。右行って左行って左、二本目の角を右だろ……」

先日の大きい遺産犯罪のためだろう。行きかう所員達《たち》は皆、複数で連れ立って話し合いながらか、一人でも書類に没頭しながら歩いている。

その中で、八代の目が一人の人間にとまった。

白衣でなくストライプのシャツを着てIDカードを首からぶら下げた、いかにも技術者然とした男だ。右側の通路から一人で歩いてくる。

八代は慌てて呼び止めた。

「あ、すみません、あのっ」

「なんだ?」

「あの、ちょっと道をお聞きしたいんですが、第十七区画へはどうやって……」

「ふうん？　おまえ新人か？　俺《おれ》の顔と名前くらい、覚えてもらわないと困るな」

痩《や》せた険のある顔立ちが八代《やしろ》を見下すように言う。

「は、はあ、すみません」

「俺は木梨孝《きなしたかし》。この研究所を支えるＬＡＦＩを管理できる唯一の人間だ。覚えたか？」

「はあ……」

「なんだ、しまりのない返事だな。ん？」

木梨と名乗る男が檻《おり》を覗《のぞ》き込んだ。

「なんだこの黒くて汚い犬っころは？」

「ゲノム・リモデルで改良された遺産だそうです」

「ふうん、普通のドーベルマンみたいじゃないか。ゲノム・リモデルのわりにはたいしたことない」

木梨はちっちっちっと言いながら、ガラス越しに手を出す。

「危険ですよ」

「どうせ強化ガラスで遮《さえぎ》られてるんだ。危険なもんかよ。それに危険なのはこんなチンケな犬っころじゃなく、こんなのを作った人間と……」

床の下を見つめ、忌々《いまいま》しげに言う。

「あの親子だ。まあ、ＬＡＦＩを発明した功績は認めてやるがな」

高笑いしながら去っていく木梨と、それを見送る八代。

「あ、で、木梨さん、でしたっけ？　第十七区画へは……」

そこにもう木梨の姿はない。三叉路《さんさろ》の中央で再び八代はうーん、と頭を掻《か》いた。

2

体が揺れる振動で、彼等《かれら》は目を覚ました。目を開けても辺りは暗闇《くらやみ》で光はほとんどなかったが、網膜《もうまく》にあるタペタムと呼ばれる層が光を反射し視界を確保する。

周囲の状況は先ほどから変わりない。茶髪の若い男が、自分達《たち》の乗ったガラスの檻を台車に載せて、右へ左へと頼《たよ》りなくふらふらしながら歩いている。

体に力が入らない。ろくに食事を摂取していないからだ。彼等はぐったりと床にはいつくばり、体力の消耗を抑えた。

「どうしたもんかな」

彼等を運ぶ若い男が、先ほどと同じ言葉を繰《く》り返す。

「今回、回収された遺産技術は全部で十九もあるんじゃや、まあ僕のこれなんかどうでもいいのも解《わか》るけど」

彼等《かれら》はじっとしたまま、その様子をうかがっていた。警戒し物音一つ立てず、茶髪の若い男の独り言を聞いているとそこに、聞きなれない声が混じった。

「どうしました？」

声をかけてきたのは、メガネをかけた恰幅《かっぷく》のいい中年の男性だった。

「は、はい。ああ、助かったあ。あの、第十七区画へ、これを運ばなくちゃいけないんですが、今日初めてで迷ってしまって……、あ、あれ？　もしかして、ここの所長の岸田《きしだ》博士ですか？　はじめまして、僕は今年入局して、先日第二総務部に配属された八代一《やしろはじめ》といいます。お会いできて光栄です」

「おお、これは丁寧《ていねい》にどうも」

茶髪の男が丁寧にお辞儀《じぎ》をすると、岸田と呼ばれた男も同じように礼を返し、身をかがめ台車を覗《のぞ》き込んだ。

「ほう、珍しいですね」

岸田と呼ばれた男性は彼等が収まっている檻《おり》の周りを廻《まわ》り、しげしげと観察した。

「ゲノム・リモデル技術で、ここまで綺麗《きれい》に原形を保っているとは」

岸田博士は彼等に興味深そうな眼差《まなざ》しを送り、八代から差し出された資料を読んだ。

「八代君、といったかね？　資料はこれだけなのか？」

「はい。なんでも遺産の違法使用の証拠を隠滅しようとして、資料のたぐいはほとんど破棄《はき》されてしまったとか」

「解《わか》るのは五つの遺伝子を組み合わせたキメラ、ということだけか。いやしかし、とてもそうは見えない。普通の犬ですな」

「普通？」

「ゲノム・リモデル技術が処置された生き物は、たいていどこかに歪《いびつ》さが出てるものなんですよ。けれどこれは、綺麗に犬の原形を保っている。普通というのは、そういう意味ですよ。普通だからこそ普通でない。ふむ、これはなかなか興味深い。P4レベル実験室に空きがあったかな。いや、その前にあの娘に見せて意見を聞くか。檻は一度も開けていませんね？」

岸田博士は檻を軽く叩《たた》く。彼等は一度だけ顔を持ち上げて、岸田博士の柔和《にゅうわ》な顔を見た。

「はい。どのようなものか解らないので、一度も」

「それは結構。とりあえず奥へ運んでいただこうかな。私もこれから行くところだ。一緒《いっしょ》に行きましょう」

「助かります。ありがとうございます。正直、ここで遭難するんじゃないかと本気で心配してたところです」

「ははは。いつもなら、初めての人には案内の者がつくんですがね。見てのとおりこちらもバタバタしていて申し訳ない」

「いえ、そんな。恐れ入ります」

「ゲノム・リモデル技術にしては珍しい実験動物だが、今日はそれ以上に怪しい物も数多く入ってるのでね」

彼等《かれら》の檻《おり》はまたどこかへと運ばれていく。

その間、彼等は伏して待つ。時を待っている。今はまだ動くときではないと、本能で解《わか》っていた。

3

「なっ!」

八代《やしろ》は驚《おどろ》きのあまり眼下の光景を凝視《ぎようし》してしまう。岸田《きしだ》博士は峰島勇次郎《みねしまゆうじろう》の最高傑作があると言って八代を案内してきた。

それがいかなるものか、八代は面白半分に様々な予想を立てていたが、すべて裏切られた。まさかありえないよなと、B級SF映画のようなことまで考えていたが、それすらかすりもしない。

エレベーターから降りた先の部屋は床がガラス張りだった。その下にはいくつかの仕切りが設けられた奇妙な空間が広がっている。家の屋根をはずして、かわりにガラスの天井《てんじよう》をはめ込んだような感じだ。

その中にぽつんと、一人の少女がいた。こちらをじっと見つめている。

「お人形……じゃないですよね？」

まだ十代前半に見える少女は、息を呑《の》むほどに美しく、この殺伐《さつばつ》としたNCT研究所内ではさらに現実から乖離《かいり》していた。

「人間ですよ。彼女の名前は……峰島由宇《ゆう》」

その意味を理解するのに、八代は数秒の間を要した。

「え？　みねしま？　峰島ってことは、まさか、峰島勇次郎の娘？　最高傑作って、Sランクの遺産ってあの子のことですか？　本当に？」

「驚くのも無理はありませんがね。彼女は正真正銘、峰島勇次郎の娘です。父親から受け継いだ知識のみならず、素晴らしい知性も持ち合わせている。伊達《だて》司令からは、あなたには一度見せておいて欲しいと言われてましてね。どうやら期待されているようですな」

しかし岸田博士の言葉が頭に入らない。

「でも、だからって、どうしてこんな扱いを？」

「危険だからです。遺産の知識を受け継いだ由宇君の存在が明らかになれば、世界は狂騒《きょうそう》の渦に巻き込まれるでしょう」

少女は天井がガラス張りの部屋にいる。部屋を仕切る壁こそあるものの、どこにいても天井からは丸見えだ。プライバシーゼロ。バスルームや寝室と思われる場所にさえ、曇《くも》りガラスはなかった。

「彼女の事情はおいおい話すとして……」

八代《やしろ》と岸田《きしだ》博士が話しているのを、表情の乏しい冷たい美貌《びぼう》が見つめていた。

『それで、私にこのようなものを見せて、何をしろというのだ？』

少女——峰島由宇《みねしまゆう》は天井《てんじよう》から見下ろしている岸田博士に目をやる。由宇が目でさしたのは、ガラスで仕切られた隣《となり》の部屋に運ばれてきた犬だ。犬は来たときと同じように伏せたままじっとし、あまり動きはしない。見ようによっては脅《おび》えているように見える。

由宇の幼い声に似合わない大人びた口調に八代は驚《おどろ》く。同時に外見通りの澄《す》んだ声にも。

岸田博士は柔和《にゆうわ》に微笑《ほほえ》んで、話しかける。

「五体のキメラらしい。合成した遺伝子の数も多いが、外見が犬と変わらないのも気になっていてね。本格的な調査に入る前に、一度由宇君に見せておこうと思った」

『それで私にどのような感想を期待する？　似たような立場と言って悲壮ぶり同情と共感の視線でも送ればいいのか？　それともただ見るだけで、その五体の遺伝子を当てろとでも言うつもりか？　どちらもお断りだ。ついでに言うとその軽薄《けいはく》そうな若い男は気に入らない』

「え、なんで？」

突然、鋭い眼差《まなざ》しを向けられて八代はたじろいでしまう。

しかし由宇は何も答えようとはせず寝室に戻っていった。そのままベッドに横たわると、シーツを頭からかぶる。

「由宇君？　由宇君？」

岸田博士の呼びかけにも由宇は身じろぎ一つしなかった。岸田は大きく息を吐《は》くと肩を落とした。

「ああなっては、てこでも動かないし口も開かないのですよ。すみませんな。気むずかしい子で」

過去の経験からか岸田博士はあっさりと引き下がる。

「はぁ……えっと、僕はこれから、どうしたらいいでしょうか？」

一目で気に入らないと言われたことを尾に引きながら、八代はなさけない声で岸田博士にお伺《うかが》いをたてた。

「うーむ。由宇君の態度も気にかかるし、この犬はもう少し様子を見たほうがいいかもしれない。この後、君はまだここに？」

「はい、この遺産の受け渡し完了のサインがもらえるまでは帰れません」

「うむ、そうだったね。では、少し世間話でも、どうかね？」

まだショックから立ち直っていない八代を思いやってか、岸田博士が優しく肩を叩《たた》く。

「しかし伊達《だて》君は、この頼《たよ》りなさそうな若者のどこが気に入られたのだろうな」

ただ、独り言は聞こえないように言って欲しいと八代は思った。

「だから私は思うのだよ。由宇《ゆう》君の待遇は厳しすぎるとね。まだ十二歳の女の子だと忘れてるんじゃないかね、あの冷血漢は！　いや失敬。いまのは言葉のあやだから忘れていただけると有難《ありがた》いですな」

4

忘れるも何も、さっきから伊達《だて》が冷血漢だと二十回くらい聞かされている気がする。岸田博《きしだ》士の熱弁は二時間近く続いていた。すでに何回も同じ言葉を繰《く》り返していたが、絶えることも飽きることもなく岸田博士の愚痴《ぐち》は続く。

「ははは、そうですよね。ちょっと酷《ひど》いですよね」

八代《やしろ》は適当に相槌《あいづち》を打っていた。さっきとまったく同じ内容の相槌を打っても、岸田博士は気にした様子もない。相槌を録音してリピート再生していても気づかないのではないか。もしかして自分がここに派遣され、岸田博士がわざわざあの程度の遺産で自分を地下まで連れて行ったのは、愚痴聞き係に任命されたからではないかという説を本気で検討し始める。

八代の表情が愛想《あいそ》笑《わら》いで凍り付いて二時間あまり経過したころ、異変は起こった。

「だから私は由宇君の生活環境の向上を願って、毎回嘆願書を……」

岸田博士がこぶしを振り上げると同時に、部屋の明かりが消えた。

「おや？」

八代と岸田博士は同時に天井《てんじよう》を見る。蛍光灯の明かりは消えていて、かわりに非常灯の赤いランプがうっすらと部屋を照らしていた。

「停電ですか？」

「おかしいですな」

岸田博士は首を傾《かし》げながら部屋の外を覗《のぞ》く。部屋から外に出ると停電は自分達《たち》の部屋だけでないのが解《わか》った。廊下も薄暗《うすぐら》く、赤い非常灯がうっすらとどこまでも続いている。ざわめいた雰囲気《ふんいき》が、新人の八代にも異常な事態だと悟らせる。

部屋に備え付けられた端末の通信機が鳴った。岸田博士が出ると、かん高い神経質な声が聞こえてきた。

『所長、第二十七から二十九区画の主電源が落ちました。現在は予備電源で稼動《かどう》していますが……』

「木梨《きなし》君か。原因は解るかね？」

『電源の落ちた区画の状況を考えると、その辺りの電源がショートしたんだと思います。いま環境ログをチェックしてるんですが、おかしいんですよ。どうやら高電圧の負荷が原因のようです』

端末のモニターにマップが表示され、その一部が明滅する。

「ここから近いですね」

横から八代《やしろ》が覗《のぞ》き込む。来て早々、異常事態とは間が悪すぎる。

「おかしいですな。この区画一帯は、先週総点検したばかりだというのに」

「ネズミが電源ケーブルかじったんじゃないですか？」

「ネズミに切断されてしまうようなケーブルは使用していないし、そもそもこの施設にネズミはいないよ」

さすが峰島勇次郎《みねしまゆうじろう》の遺産を管理する施設だなと、八代は奇妙なところで感心をする。人が生活する環境である以上、ネズミやゴキブリはつき物だが、ここにはそれがいないらしい。しかしだとしたら、原因はなんだろう。

「侵入者……なんてのは、ないですよね？」

『はん、無理だね。侵入するどころか、この研究所の場所にたどり着くことさえ不可能だよ。なんだ、おまえ、さっきの新人か？　このＮＣＴに対してネズミだの侵入者だのと、まったくとんちんかんなことを』

傲慢《ごうまん》な口調で疑問に答えたのは岸田《きしだ》ではなく、通信機だ。

「木梨《きなし》君、口を慎みたまえ」

岸田博士はたしなめるものの、木梨の意見を肯定する。

「しかし彼の言ったことは正しい。この施設は第三者が侵入するどころか、発見すら不可能だよ」

「そうですね。ブレインプロテクトは完璧《かんぺき》な技術と聞いています。差し出がましいことを口にしました。申し訳ありません。しかし、だとすると原因はなんでしょうか？」

「うむ。そうだな、推測ならいろいろ立てられるが。……いやあ、八代君、それにしても君は冷静で落ち着いているね。伊達《だて》さんが見込んだのもうなずけるよ」

岸田博士の高評価に八代が内心満足していると、スピーカーから所員の慌てた声が聞こえてきた。

『所長、大変です！』

「何が起こったのかね？」

『八代という新人が持ってきた、あの実験動物が消えました！』

「ええ！　あの犬が？　いきなり僕の初仕事にケチつくんですか！　そんなあぁぁっ！」

岸田博士が冷静だと評価した八代の態度が、綺麗《きれい》に１８０度方向転換した。

5

ガラス張りの檻《おり》にほとんど隙間《すきま》はなかった。あるのはわずか数センチの幅しかない換気孔《かんきこう》の穴のみ。大型犬が通れる大きさではない。

「ああっ、ほんとに消えてるっ！」

何かの間違いであって欲しいという願いは、現実を目の前にして木っ端《こっぱ》に砕かれる。いま八代《やしろ》にできることと言えば、頭を抱えてしゃがみ込むことくらいだ。

さっきまでは考え込む岸田《きしだ》博士を、大変だなと八代はどこか他人事《ひとごと》といった風情《ふぜい》で見ていた。冷静に質問してはいたものの、今日ここに来たばかりの自分に口を挟む余地はない。その冷静さは権限もないかわりに責任もない気楽な立場ゆえともいえた。

しかし今は違う。小さいとはいえ、初めて自分にまかされた遺産の仕事を、つつがなく終えるというささやかな目標は、膨張《ぼうちょう》する宇宙なみの速度で八代から遠ざかっていく。

「いつ消えたのかね？」

岸田博士の指示で、檻《おり》を映している監視カメラの映像が再生された。運ばれてきたときと打って変わって、犬は檻の中をせわしなくうろついている。換気孔《かんきこう》が気になるのか、ときどき匂《にお》いをかいだり体を押し付けたりしているが、それ以外に目立った行動はなかった。

「あれ？」

頭をかかえていた八代が顔をあげる。八代は犬を見てなんとなくおかしいと感じた。何か違うような気がした。

「どうしました？」

「それが……、いいえ、続けてください」

結局、八代は感じた違和感をうまく説明することができず、言葉を濁《にご》す。

そして監視カメラにも停電が訪れる。その瞬間《しゅんかん》だけ、映像が切れた。しかしすぐに予備電源に切り替わり、映像が再開する。空白の時間は一分にも満たない。再開した映像の中で、強化ガラスの檻はヒビ一つないまま保たれている。だというのにあるべきはずの黒い姿がない。

「……消えた」

檻の中から犬の姿は消えていた。

「ううむ」

うなる岸田博士に通信が入る。

『所長、大変です。またしても停電が発生しました！　今度は第十一、二十三、二十四区画の三箇所です』

「いったい何が起こってるんだ？」

驚《おどろ》く岸田博士の隣《となり》で八代はいまだ恨めしそうに檻を見ている。しかしどんなに見つめても、犬が見つかるはずもない。

「はあ……」

檻の前にしゃがんでいる八代のもとに、岸田博士が近づいた。

「八代君、まあ、そう気をおとすな。伊達《だて》司令に連絡を取り、Ｅ―１０９の許可を取るように手配したから」

「E―109?」

「今日運ばれてきた遺産の何かがこの事態を巻き起こしている。私はそう考えるのだよ」

「はあ、それでE―109って? あ、そうか、僕も今は見られるんだっけ」

八代《やしろ》はPDAを出すとパスワードを入力し、E―109の項目を参照する。今日閲覧《えつらん》が許可されたばかりの項目で、まだ一度も目を通してはいなかった。

「なんか長くて回りくどい文章だなあ。こういうのってわざと解《わか》りにくくしてあるとしか思えないですよね。ようはS―00001に協力させて事件を解決するってことですか?」

「そうだ」

「それでS―00001ってのは……あっ」

八代は足下の遥《はる》か下にいる少女のことを思い出した。

6

八代と岸田《きしだ》博士が二人並んで現れたとき、由宇《ゆう》の表情はすでに不機嫌の三文字を貼《は》り付けていた。

『断ると言ったはずだ』

マイクの電源を入れると間髪入れず、少女の硬い声が飛び込んでくる。

「由宇君、君の力が必要なんだ。頼《たの》むから助けてくれないか？　君の知恵が必要だ」

一瞬《いっしゅん》たじろいだ岸田博士だが、すぐに気を取り直すと言った。

「最初の停電発生から四時間。謎《なぞ》の停電はすでに六箇所で発生している。その混乱に乗じて、今日運ばれてきたばかりの実験動物が逃走。その手段も解らないという状況なんだ。侵入者の可能性も考えたが、警備を強化したあとも停電の発生は続いている。誰《だれ》かの破壊《はかい》工作ということも考えにくい。正直、お手上げの状態なのだよ」

岸田博士の言葉を八代が引き継ぐ。

「僕からもお願いするよ、お嬢《じょう》ちゃん。停電がこのまま拡大すると十二時間後にはＮＣＴ研究所の20パーセントの施設が停電を起こし、復旧もままならなくなる。これ以上、研究所の機能を麻《ま》痺《ひ》させるわけにはいかない」

と言葉を区切り、

「んですよね？」

と岸田博士に相槌《あいづち》を求める。

「うむ、そうなのだ、由宇君。だから……」

「それに、僕の輝《かがや》かしい出世街道もかかってるんだよ、お願いするよ」

『この施設がどうなろうと、私の知ったところではない』

「僕の将来は？」

『若いうちから挫折《ざせつ》を知っておくのもいいだろう』

「そんな！　ただでさえ少ない初任給がいきなり減俸《げんぽう》だなんて、あんまりだよ！」

八代《やしろ》の叫びにも、岸田《きしだ》博士の懇願《こんがん》にも我関せずといった態度で、由宇《ゆう》はベッドに転がって本を読む。タイトルすら読めない言語で書かれた洋書を、足をぶらつかせながら読む姿は、とりつく島もなしと自己主張している。

「よし、停電のことはいい。しかし遺産技術であるゲノム・リモデルの実験動物の失踪《しっそう》は、由宇君も決して無関心ではいられないのではないか？」

ぶらついている足が止まった。本の陰から由宇の顔が半分だけ覗《のぞ》く。気分を害しているのは明らかだった。慌てて八代がフォローする。

「あの、その言い方はどうなんでしょう。この子のせいじゃないのに……、父親が作ったものをいくら頭がいいからってこんな小さい子に責任をとらせるみたいな言い方は、その……」

「ああ、その、そうだな。……すまない、由宇君」

本の陰から二人のやりとりを見ていた由宇が、不機嫌そうに本をバタンと閉じ、ベッドから起き上がった。

『そこの茶髪の八代とか言う男。気遣いは無用だ』

「え、あの……それって？」

『ゲノム・リモデル技術を作ったのは私だ。五歳のときだ』

だから私が責任をとる、とその小さな少女の瞳《ひとみ》は語っていた。

7

八代達《たち》が見た実験動物の失踪映像を、由宇はつまらなさそうに見ていた。いったん停電が起こり、電力が復旧したときにはもう犬の姿はどこにもない。まったく不可解な映像を見た由宇の第一の感想は、

『ふぁあああぁ、んー』

大きなあくびだった。

「お行儀《ぎょうぎ》が悪いよ、由宇君」

たしなめる岸田博士もどこかずれている。

『昼寝の最中に叩《たた》き起こされた。空気をとりこんで、頭をすっきりさせただけだ。さあ、早く解決しよう』

「君はこの状況を予測していたの？」

驚《おどろ》きの薄《うす》い由宇の反応を見て、八代はそう判断した。この少女なら、その程度のことを予測していても不思議ではない、ような気がする。問いに由宇は、ただ首をすくめるのみ。肯定でも否定でもない。

「その映像を見て気づいたことはないかな？」

八代《やしろ》は根気強く質問を続けた。減俸《げんぽう》だけはごめんだ。

『犬が消えた』

「それは見れば解《わか》るよ」

『停電』

「それも見れば解る」

『それから、犬が小さくなった』

「だからそれも見れば解る……って、え？」

半眼の眼差《まなざ》しは小馬鹿《こばか》にされているような気がするが、あえて無視した。

「いまなんて言ったの？」

『それから』

「そのあと！」

『犬が小さくなった』

「そ、それだ！」

先ほど八代がおかしいと感じつつ、説明がつけられなかった不安の正体を、少女はあっさりと口にしている。

「そうだ。小さくなっているんだ」

『気づくのが遅い。停電の十二分十七秒前、体積がおよそ0・3パーセント小さくなっている。どうして誰《だれ》も気づかない』

「面目《めんぼく》ない」

小さくなって謝る岸田《きしだ》博士。

『八代と言ったか？　おまえもADEMの職員なら、それくらい気づけ』

「え？　モニター越しの目視で0・3パーセントに気づけだなんてそんな無茶《むちゃ》な、いえ、はい、ごめんなさい……」

八代は謝りながらも感心した。

「じゃあ、君はもう、犬が小さくなった理由を解ってるんだよね？」

『まあな。とりあえず、停電の状況を説明してもらおうか』

由宇の言葉に岸田博士の表情が明るくなった。

「由宇君、そちらも協力してくれるのか！」

苦虫を噛《か》み潰《つぶ》したような表情で、由宇はしぶしぶ答える。

『したくはないが、結果としてそうなる。現場を見せてもらえないか』

対し、岸田博士は苦渋の表情で答えた。

「すまない。それはできない」

『解った。ならば十二時間後に30パーセント、二十四時間以内には95パーセントの電源系統に

「待ってくれ、由宇《ゆう》君。今、二十四時間以内に95パーセントと言ったか？　それは我々がたてた予測とはあまりにもかけ離《はな》れている」

『だろうな。君達《たち》はまだこの原因となっているものの性質を知らない。まあ、それもいいだろう』

冷たく突き放すと由宇は再びベッドに横になった。そのままシーツにくるまって本格的に寝る姿勢になった。

「原因の性質？　なんだいそれは？」

『さてね。知ったところで、君達に対処できるとは思えない。ふぁああ』

「冷たいなあ。教えてくれてもいいじゃないか、ねえ」

懇願《こんがん》する八代《やしろ》の横で、岸田《きしだ》博士に一人の職員が耳打ちをする。

「三区画で電源系統に異常が起きました。予測を上回る速度で進行中です」

岸田博士の迷いは消えた。

「条件付で許そう。すまんが、由宇君、協力してくれないかね？」

『ん？』

寝ぼけた顔で由宇は天井《てんじょう》を見上げる。

「うわ、ほんとに寝てた!?」

八代は少女の度胸と落ち着きに、ただ感心するしかなかった。

8

小さな体を目の前にして、八代は改めて目の前の少女がまだ十二歳なのだと実感した。背の高さはまだ自分の胸元くらいで、手足も細く華奢《きやしや》だ。

「なんだ？」

不機嫌な眼差《まなざ》しで由宇は睨《にら》んでくる。細い手首には手枷《てかせ》がはめられ、痛々しい。背後にいる四人の銃を持った警備兵は、由宇の警護と言うよりも逃走を防ぐための見張りだ。

「私も厳しすぎるとは思うんだが」

八代の心情を読んでか、はたまた己の心情か、岸田博士は苦渋の声をこぼす。

「彼女って、もしかしてすごい遺産技術の能力を持ってたりするんですか？」

「いや、頭脳以外はごく普通の女の子だ。たまに運動している姿も見かけるが、運動能力は同年代の子供の平均値より下回る。あんなところに五年も閉じこめられていれば、無理もない話なんだが」

「伊達《だて》司令の指示ですか？」

「ですな。まあ、彼だけのせいではないのですが。国家としての指示、と言い換えてもいいでしょう。しかしなにもここまで警戒する必要もないのに」

確かにと八代《やしろ》は思う。どんなに頭脳が優《すぐ》れていてもたかだか十二歳。この子供がこの厳重な施設から抜け出せる道理はない。

「でもまあ、いまこの研究所内では不穏《ふおん》なことが起きてますし、彼女の警護は必要だと思いますよ」

八代のフォローにも岸田《きしだ》博士の表情は変わらない。そのような詭弁《きべん》では、気持ちは晴れないのだろう。

「E―109では、最低でもD型かそれに相当する装備をした熟練の兵士四名に、見張らせるべしと書いてあるだろう。何を後ろめたく思う必要がある」

少女の淡々とした口調が、かえって八代の罪悪感を強くする。

「のんびり話をしている時間はあるのか？」

両手の自由を奪われているためか歩きにくそうに、由宇《ゆう》は近づいてくる。その後ろをつかず離《はな》れずにいる警備兵の姿があった。警護なら四方を固めるものだろうが、彼等《かれら》がついているのは背後のみだ。

「行くぞ」

由宇は岸田博士や八代を無視して先に進む。二人は慌てて由宇の前を歩き出した。後ろではなく前を守る。そんな暗黙《あんもく》の了解が、八代と岸田博士の間にいつのまにか生まれていた。

9

「由宇君、疲れていないかね？」

後ろを振り返って、岸田博士が問う。

「まだ100メートルも歩いていない」

「そ、そうだったかな。喉《のど》は渇いていないか？　お腹《なか》はすいてたりしないか？」

「一時間三十二分前に食事を取ったばかりだ」

呆《あき》れながら由宇はそれでも律儀《りちぎ》に答える。

「普段《ふだん》、どんな食事をしてるんですか？」

八代は興味本位で岸田博士に聞く。

「栄養のバランスを重視したものですよ。味にも気は遣っていますが。ああ、それと食事のカロリーと成分も本人の要望で見せてます」

「へえ、そういうところを気にするのはやっぱり女の子なんだね。でも少し痩《や》せすぎじゃないかな？」

由宇は何も答えない。

「私もそう思うのだが、由宇君はこれでいいと言うのでね。少し痩せているが、これで丁度いいと言い張るのだよ」

「ははあ。でもあまりダイエットを気にしすぎると、大きくなれないぞ」

「ダイエットなどというものではない。第一、比べる対象もないのに、体重の重さだの背の高さを気にしてどうする？」

由宇《ゆう》の思いがけない返答に、八代《やしろ》は言葉に窮《きゅう》する。

「あ、ああ、そうだったね。うん、ごめん。失言だった。あっと、ここかな」

事件の起こった場所の一つにたどり着いた。配電盤のある狭い通路は、発電機のついたライトで明るく照らされていた。

通路は高電圧のためか黒こげになり、配電盤も例に漏《も》れなかった。

「いまはもうこの一帯の電力をカットしてあるから、危険はない。安心して調べてくれ」

由宇はそのまま何をするでもなく周囲を見渡している。

しばらくして配電盤のそばを離《はな》れると、通路の奥へ何メートルも進んでしまう。警備兵が慌てて後ろからついてくる。しかしすぐに由宇は引き返して、警備兵の脇《わき》を通り抜ける。慌ててきびすを返した警備兵達《たち》は、また由宇の後ろ姿を追う。一人の少女に振り回される大の大人は滑稽《こっけい》だった。

由宇はおもむろに白い粒を拾い上げると、それをしげしげと眺める。八代は横からそれを覗《のぞ》き込む。

「なんだい、それは？」

「米だ」

「こめ？　こめってご飯のお米のこと？」

　由宇は姿勢を低くして、床を注視する。

「ああ、無視？　小さいときからそんな態度だと、ろくな大人になれないよ。年上の人間を無条件で敬えとは言わないけど、もっとほら、こう」

「ろくな大人とはどういうものだ？　私をここに幽閉している人間達はろくな大人なのか？それと少しおしゃべりが過ぎる。捜査の邪魔《じゃま》だ。黙《だま》ってろ」

「はい、ごめんなさい」

　十二歳の少女にたしなめられた二十二歳の若者は、おとなしく小さくなる。それでも由宇の行動に興味を持ち、八代は捜査する姿をじっと観察していた。

　隣《となり》では八代が黙ったら何か話しかけようと待ち構えていた岸田《きしだ》博士が、結局何も言えないまま、しょんぼりうなだれていた。

　じっと床を眺めていた由宇はさらに通路を進むと、何かを拾い上げる。

「今度は何を拾ったの？」

　由宇がつまんでいるのは細く軟らかい毛だ。

「毛？　人の毛じゃないよね。動物の毛かな？　ってことは僕が持ってきた……」

「たぶんネズミだ」

逃げた犬と言おうとした八代《やしろ》は、口を開けたまま言葉の行き場を失う。

「え、ネズミの毛って、じゃあネズミはここにいるんじゃないか。あっ、そうか。ネズミが電力コードをかじった……ってわけじゃないよね？」

「半分正解」

一度は岸田《きしだ》博士に否定された仮説を、由宇《ゆう》は半分だけだが、こともなげに肯定する。

「由宇君！」

岸田博士は由宇に詰め寄ると、その手から毛を奪った。

「雑菌がついたらどうすんだ！」

――うわっ。

その過保護ぶりに八代は心の中で嘆息する。

「大丈夫《だいじょうぶ》だ。このネズミに雑菌などありえない」

しかし由宇は呆《あき》れるでもなく、感情を表に出さず不思議な言葉を残す。

「雑菌がありえないってどういうこと？　半分正解って？」

「このネズミのある性質が、結果的に殺菌するからだ。ここから一番近い食料庫に行く」

「もうちょっと具体的に疑問に答えてもらえると、嬉《うれ》しいなっていうか、報告書が書きやすいな、なんて」

「なんでもすぐに人に聞くな。少しは自分で考えろ。思考放棄《ほうき》は許されない罪悪の一つだぞ」

「はい、すみません……」

すでに由宇は歩き始め、八代は虚《むな》しい気持ちのままあとをついていった。ネズミと米から食料庫に行くというのはもっともに思える。しかしいま彼女が調査しているのは遺産技術が使われている失踪《しっそう》した犬の調査だ。なぜネズミを探すのか。

「うーん」

腕を組んで唸《うな》っているところに、岸田博士へ緊急《きんきゅう》通信が入る。また停電の報告かと思ったが、その予想は裏切られた。

「今度はなんですか？」

「人が倒れたらしい。原因は不明だそうだ」

次々と起こる異常事態に、岸田博士の表情は曇《くも》るばかりだ。岸田博士の頭頂部の髪の毛の薄《うす》さを、八代はいまさらながら納得した。あのバーコードはあと数年で消えるだろう。

10

「はん……えっと、現場はここですか？」

八代は思わず、現場の前に犯行とつけそうになるのを、慌てて言い直す。しかし現場が「K

EEP OUT」の文字が印刷されたテープで仕切られていると、どうしても犯行現場と言いたくなってしまう。

中では男性が倒れ、隣《となり》で白衣を着た人間が症状を診察していた。

「いったい何が起こった？」

慌ててかけてきたのは岸田《きしだ》博士と八代《やしろ》、あとに手枷《てかせ》をはめられ上手《うま》く走れない由宇《ゆう》、そして警備兵と続く。由宇の姿を目にとめると、野次馬《やじうま》に集まった人々は驚《おどろ》き、いっせいに道を開けて顔を背《そむ》ける。あからさまに関《かか》わりたくないと言っている。

由宇はその間を、表情一つ変えず進む。

一緒《いっしょ》にいる岸田博士が手当てをしている医師に問いかけた。

「大丈夫《だいじょうぶ》なのかね？」

「はい、ただ気を失っているだけです」

倒れている男の意識はないが呼吸は落ち着いていた。大事に至っていないことに、岸田博士はほっと一息をつく。

「原因は解《わか》るかね？」

「いま、調査中です。おそらくこれが原因だと思うんですが」

医者が男のズボンをめくると、火傷《やけど》の跡があった。しかし範囲はごく狭く、それだけで気を失うとは思えなかった。

「単なる火傷に見えるが」

岸田博士は傷跡を見て首を傾《かし》げる。

「違う。電撃症《でんげきしょう》だ」

後ろから見ていた由宇は即座に否定した。

「電撃症……感電かね？」

八代がぽんと手を打った。

「ああ、そうか。これは停電を起こした犯人の仕業《しわざ》だ！　犯行現場を見られた犯人は、停電に使った高電圧出力機を口封じに使った。どう？　いいセンいってない？」

「違う」

「う……解ってるよ。ちょっと言ってみたかったんだ。でもいいセンいってると思うけど」

「名探偵ごっこがやりたいなら、こんな組織ではなく警視庁にでも入ったらどうだ？」

由宇はどこまでも冷ややかだった。

11

明かりが消えた。

「なんだ？」

木梨《きなし》は天井《てんじょう》を見上げ、辺りを見渡す。非常灯の頼《たよ》りない明かりでは、かえって不安を増長させた。

すでに十箇所で電源に異常が起きている。どこか他人事《ひとごと》のように感じていた木梨だが、十一箇所目はわが身に降りかかった。

すでに停電が始まり四時間が経過していた。いまだにはっきりとした原因はつかめていない。ただショートした電源箇所は例外なく高圧電力による焦《こ》げた跡が残っていた。

『第十一区画の電源がダウンしました』

『第七区画、食料庫もダウンしました』

しかし停電でもLAFIのシステムは生きている。LAFIの電源はもっとも厳重に保護されている。だが次々と届く報告は、恐怖に怯《おび》える木梨の耳に届いていなかった。

「なあ、おい」

部下に呼びかけようとして、誰《だれ》もいないことに気づいた。誰もが原因不明の停電騒《さわ》ぎに、各区に出払っていた。

電子音だけが低く鳴り響《ひび》く。

「なんだよ、誰もいないのかよ」

誰もいない部屋の中で、声を大にする。あとに訪れる静寂が寒々しい。

「くそっ!」

乱暴に立ち上がると椅子《いす》が倒れる。床を転がる音に思わず肩をすくめた。

不安そうに辺りを見る。見慣れたはずのＬＡＦＩ制御室は、赤く彩《いろど》られただけで、見知らぬ部屋のようだ。

辺りを見渡しながら、倒れた椅子を起こす。カラカラと音が鳴ったのはそのときだった。起こした姿勢のまま、木梨の姿勢は凍りつく。背後からカラカラカラカラと音が迫る。何かが足に触れた。

「ひゃっ！」

床を転がり木梨はしりもちをついたままあとずさりする。

「え、あ？」

しかし足に触れたものの正体を目にして、気の抜けた声を出した。椅子だった。カラカラという音はキャスターの転がる音だった。

「なんだ脅《おど》かすなよ」

このときばかりは周囲に人がいないのにほっとしながら立ち上がる。再び倒れた椅子を起こそうとして、ふと疑問が湧《わ》いた。当然湧き上がるはずの疑問だったのだが、あえて意識の外に追いやられていた。

誰もいない部屋で、なぜ椅子が動いたのか。

さらに疑問が重なる。あえて考えないようにしていた現象を、なぜいま強く思い描いてしまったのか。

視界の隅で非常灯の淡い明かりが影を映す。

しかし木梨《きなし》は誰《だれ》かが戻ってきたとは考えない。人はあれほど大きな影を持っていない。人はあれほど歪《ゆが》んだ四肢を持っていない。人はあのような唸《うな》り声をあげない。

影に続いて物陰から体の一部が現れた。現れたのは犬の脚だ。しかしそれは犬の脚であるはずはなかった。犬の脚は人の背丈ほどもない。もしあの脚の上に犬の体と首と頭が続いているのなら、その高さは天井《てんじょう》のそれに匹敵する。

そのような生き物がNCT研究所内をうろついているはずがない。たとえいたとしても、扉をくぐれるはずもない。誰にも気づかれず、NCT研究所内でも屈指の重要区画に侵入できるはずもない。

しかしあらゆる否定材料を無視して、見上げんばかりの巨大な獣《けもの》が、目の前に立ちふさがった。青白い光が、獣の体をぼんやりと赤い闇《やみ》から切り取る。

「ひっ!」

獣が吼《ほ》えたのを境に、木梨の意識は闇に閉ざされた。

12

枷《かせ》をはめられてもなお、すたすた歩く由宇《ゆう》をはさんで岸田《きしだ》博士と八代《やしろ》はひたすらついていくしかない。前を守る決意は、自分達《たち》の力不足の前にもろくも崩れ去る。由宇の横を半歩下がって歩く岸田博士と八代。その三人の微妙な三角形の形は、まるで廊下を颯爽《さっそう》と歩く女社長に御意見を伺《うかが》う重役達のようだ。

「ゆ、由宇君、どうして食料庫なんだ？」

「ネズミの毛があって、食料がある。となれば食料庫は当然の帰結だと思うが」

「しかしこのNCT研究所にネズミはいない。害獣《がいじゅう》対策は完璧《かんぺき》なはずだ。いまのいままで、そんな被害は聞いたことはなかった」

「その過信は仇《あだ》になるぞ」

由宇の言葉は五分後、目の前に現れる。居住区のそばにある食料庫の一つに入った岸田博士は我が目を疑い言葉を失った。

「なんだって……」

米やパン、保存食品が食い荒らされ床に散らかっていた。

「やあ、見事にやられたもんですね」

八代《やしろ》は頭を掻《か》きながら、食料が散らばる床を踏《ふ》みしめて、奥へ進む。

「もったいないなあ。でもこれだけ食い荒らされてるってことは、一匹や二匹じゃないですよね」

カリカリと何かを砕く音が聞こえたのはそのときだ。倉庫の隅で一匹のネズミが、食料らしいものをかじっていた。

「ああ、決定ですね。ネズミですよネズミ」

「おかしい。そんなことはない。それにもしネズミがいるなら、いままで監視カメラに映ってないはずがない」

「でも現にいるじゃないですか。監視カメラを避《さ》ける知性なんてネズミにはないだろうし」

近づこうとする八代を小さな手が遮《さえぎ》って止めた。

「監視カメラを避けるのに知性は必要ない」

「どういうことかね?」

「すぐに解《わか》る。あのネズミを銃で狙《ねら》って欲しい。狙うだけでいい。撃《う》つな」

由宇《ゆう》から奇妙な要求をされた警備兵は戸惑いの表情で岸田《きしだ》博士を見るが、そこには指示に従うようにとうなずく顔があった。

「では」

警備兵は肩に担《かつ》いでいたライフルを構える。どこか馬鹿馬鹿《ばかばか》しいという表情をしていた。

ーザーサイトまでついた護衛には充分すぎる代物《しろもの》だ。しかしネズミに狙いを定めることはできなかった。狙う前にネズミが移動してしまう。

「あっ、くそ」

なかなか捕まえることができない警備兵は、苛立《いらだ》ちに声を荒らげる。

「へえ、銃に狙われているって解るのか。かしこいなあ」

感心する八代に、

「では、君が銃で狙ってみろ」

由宇の指示が飛ぶ。八代は懐《ふところ》から拳銃《ベレッタ》を出すと、狙いをつけた。逃げることを想定して、意気込んで狙いを定めてはみたものの、ネズミは警備兵に狙われたときと違い、呑気《のんき》に食料をかじっている。

「やはりこうなったか」

「どういうことなんだね由宇君？」

八代は感心し何度もうなずいた。

「なるほど、これが監視カメラに収まらない理由か」

「察しがいいな。ただのうるさいだけの男ではなかった」

「これでもだてにADEMに入ったんじゃないからね」

「すまなかったね、だてにNCT研究所にいて」

五十歳を直前にした小太りな中年男は、顔を真っ赤にしていじけている。

「あ、いや、ほら、たまたまです、たまたま」

八代《やしろ》が必死にフォローしても効果がない。

「監視カメラが暗いところでも、そう、ルクス0でも映像が映せるのはなんでだと思う？」

見かねた由宇《ゆう》は盛大にため息をつくと、ヒントを出す。

「赤外線を照射して、それを映してるんだ。いくら私でもそれくらいは解《わか》るよ」

五十代直前男は、まだいじけていた。しかし、すぐに何かに気づいたのか、八代の持っている拳銃《けんじゅう》と警備兵の持っているライフルを見比べる。

「レーザーサイト！　そうかネズミは銃に狙《ねら》われたからではなくて、レーザーサイトの赤外線を嫌ったのか！」

「そう、ネズミ達《たち》は赤外線の光のないところでしか活動はしない。つまり監視カメラの赤外線には近づかないから映りようがない」

岸田《きしだ》博士の赤かった顔が一気に青白くなった。

「赤外線を避《さ》ける、そんな習性のネズミはいまだ聞いたことがない。これはあきらかに人為的に付加されたものだ。大変なことになったぞ！」

「食料庫を兵糧攻《ひょうろうぜ》めですか。ずいぶんと地味な作戦ですね。それにこの研究所には、ネズミ一匹侵入できないんじゃないんですか？」

「ぐっ」

八代の言葉をもっともだと思ったのか、岸田博士は言葉をつまらせてしまう。二人が会話している間も、由宇は散らかっている食料を手にとっては、ネズミと見比べている。

「失われた食料から推察できるネズミの数を割り出してくれないか。二百匹以内ならよし」

「に、二百！　この研究所内にネズミがそんなにいるというのかね？」

岸田博士は驚《おどろ》くが由宇は浮かない表情を見せるばかりだ。

「とりあえずそこのネズミを捕まえてくれ」

木梨孝《きなしたかし》が襲《おそ》われたという事件が届いたのは、その直後だった。

13

「木梨君も電撃症《でんげきしょう》が全身に見受けられた。しかも最初の犠牲者《ぎせいしゃ》より重傷だ」

医務室から出てきた岸田博士は深刻な顔をする。

「しかしまずいな。彼がいなくなったらＬＡＦＩを使いこなせる人間はいない。このような非常時に、不安要素が増える。しかも監視カメラに映っていた木梨君を襲ったらしい影の正体が解らない」

「影しか映ってなかったのは残念でしたね」

「あんな大きな生き物がこの研究所内にいたら、否応《いやおう》なく気づく。そもそも潜入《せんにゅう》できるはずがない。解《わか》らないことだらけだよ。と、由宇《ゆう》君はどこにいった？」

岸田《きしだ》博士は、少女がいないことに気づくと大慌てで周囲を見渡す。

「今はラボのほうに行きました。さっき捕獲したネズミを調べたいって言って」

「なんだって！」

どたどたと走る岸田博士の後ろから、八代《やしろ》は軽快な駆け足でついてくる。

「それとこうも言ってました。世界を滅ぼしたくなければ、ＮＣＴ研究所を全封鎖《ぜんふうさ》しろって」

岸田博士の足が止まる。

「世界が滅ぶ？　あの子がそう言ったのか？」

「ええ。ゲノム・リモデル技術の集大成だそうです」

「なんてことだ。今日運ばれてきたばかりの同技術の犬も行方不明だというのに。どうしてこうも立て続けに問題が起こるんだ」

「同じらしいですよ」

「何がだ？」

「犬のネズミ」

「はっ？」

「ああ、それと停電騒《さわ》ぎも同じだって。こうも言ってました。これほどまでに馬鹿《ばか》らしくて、これほどまでに成功した遺産兵器は、数えるほどしかないだろうと。だからゲノム・リモデル技術の傑作らしいです」

14

由宇は1200メートルの地下に戻り、自室のラボにいた。そこでガラスケースをじっと観察していた。しかし中にあるのは拳《こぶし》より小さな石だけで、他《ほか》には何もない。

鬼気迫る後ろ姿に岸田博士と八代は声をかけるのをためらっていたが、耐えきれなくなってついに岸田博士が話しかけてしまう。

「由宇君、何を見ているんだね？」

「ネズミだが」

ガラスケースから目を離《はな》さず、由宇は簡潔に返事をする。

「いや、どこにもネズミはいないんだけど。透明人間、じゃなくて透明ネズミ？　それとも妖精さんでも見てる？」

「馬鹿には見えないという可能性は考えないのか？」

「いやーはっはっ、一本取られたなあ。それで本当はなに見てたのかな？」

由宇はゴム手袋をはめると、無造作にガラスケースの中に手を入れる。小さな手がつかんだ

のは、中にたった一つ入っていた石だ。

「ここにいる」

「何が？」

「ネズミ」

「ははあ。冗談にしてはいまいちかなあ。うわっと！」

由宇《ゆう》が無造作になげた石を八代《やしろ》は慌てて受け止めた。予想されていた硬い感触を裏切る衝《しょう》撃《げき》が手のひらに残る。

「え、これって？　うわっ、うわっ！」

石を右手と左手でキャッチボールする。まるで熱いものを持っているかのようだ。

「八代君、この非常事態に何をしているのだね」

きつい口調でたしなめる岸田《きしだ》博士に八代は、

「はい、パス」

と石を投げつける。

「危ないではないか。うわっ、うわっ！」

石を受け取った岸田博士は、八代と同じように右手と左手でキャッチボールする。

「ゆ、由宇君、これはいったいどういうことなんだね？　なぜこの石はこんなにも痺《しび》れて……ひっ、わっ、あつっ」

「やっぱり痺《しび》れるでしょ。ほら僕と同じことをした」

二人の様子を静かに見ていた由宇《ゆう》だが、岸田《きしだ》博士から手袋をした手で石をつまみ上げる。二人は石の様子がおかしいことに気づいた。

由宇の手から垂れたヒモの下に石がぶら下がっている。

「5ボルトから10ボルトの電流を発しているから、痺れるのは当然だ」

「当然って、石が電流だすのは当然じゃないと僕は思うんだけど」

「石ではない」

由宇が指で弾《はじ》くと、石がもぞもぞと動き始めた。やがて色が変わり、形が変わった。

「あっ！」

「なんだってっ！」

二人同時に驚《おどろ》いた声を出す。石に見えたのは丸まったネズミの体であり、ぶら下げているヒモに見えたのは、しっぽであることに気づく。

「保護色か、なるほど、カメレオンだね」

「色の変異パターンから察するにタコ、ヒョウモンダコだろう。タコの保護色能力は、カメレオンとは比べものにならない」

「監視カメラの赤外線をさけて、なおかつ保護色で周囲と同化する。これでは見つからないはずだ」

キキキッと泣きながらもがいているネズミは、しばらくするとまた体の色を変えて体を丸めてしまった。

「うわあ、毬藻《まりも》みたいだねえ。停電の原因って、これ？」

「そのネズミが発生する電気はせいぜい数ボルトだ。デンキウナギを初めとする発電魚と呼ばれる種類は、体内に発電板と呼ばれる細胞を何千枚も持っているため、数百ボルトの発電を可能としているが、このネズミの体の大きさではせいぜい10ボルトが限界だろう」

「10ボルトでは、とうてい停電を起こすのは不可能ですな」

岸田博士が首を振る。

「その秘密はこれだ。しっぽを見てみろ」

「傷があるね。なんで？」

「思考を放棄《ほうき》するなと言ったはずだが」

「そんなこと言われても、わかんないよ。凡人のワトソンは、おとなしく名探偵ホームズに聞くほうが早い」

「じゃあ、問題だ。あのネズミはいったいどこから来たのか」

「誰《だれ》かが黙《だま》って運んできた？　スパイがいる？」

「そんなことはありえない。ブレインプロテクトがあるからスパイ行為は不可能、それに何かを持ち込もうとしても、正面ゲートのチェックで気づかれるはずだ」

「でも現に普通とは言えないネズミがいますよ」

議論する二人を横目に由宇《ゆう》はネズミをケースの中に戻す。

「何を悩む？　簡単な足し算と引き算だ。ここにいないはずのネズミがいる。ということは、いなくなったものを考えればいい」

「『いなくなったもの？』」

岸田《きしだ》博士と八代《やしろ》は異口同音に問う。

「いや待ってくれ由宇君。確かに犬が一匹いなくなったが、もしかしてそれがそのネズミだというつもりかね？」

「いくらなんでも大きさ、違いすぎるんじゃないかなあ」

「だから思考を放棄《ほうき》するなと言っている。このネズミはゲノム・リモデル技術で五種類の生物の特徴を掛け合わされたキメラだ。いま解《わか》っているだけで、まずベースとなるネズミ、タコの保護色、発電魚の発電能力、あの繁殖《はんしょく》能力はショウジョウバエか。それにもう一つ付け加えれば、いろいろなことに説明がつく」

「もう一つって、犬じゃないの？」

「不正解」

「え？　じゃあ僕が連れてきた犬はなに？　あ、思考は放棄してないよ。僕の灰色の脳細胞が、目の前にいる女の子に聞くのが一番早いって回答を導き出しただけ」

由宇は聞こえよがしにため息をついてから、言う。

「ＤＮＡを調べてみないと詳しくは解《わか》らないが、犬ではない。最後のピースはおそらく珊瑚《さんご》だ。珊瑚の群生の能力だろう」

「え、珊瑚って植物じゃないの？」

由宇は一度八代に目を向けただけで、すぐに話に戻ろうとする。

「ちょっと待って。いまの反応、冷たくない？　冗談だよ、冗談。珊瑚が珊瑚虫って小さい生き物の集合体だって解ってるから。えっと、じゃあ、犬はネズミの群生ってこと？」

「ある程度察しが良くて助かる。おそらく二百から三百のネズミが集合し、体の色を変え、犬のように見せかけてきた。さて問題は食料庫の被害状況からのネズミの数の予測だが」

「ああ、それなら先ほど受け取ってきたよ。由宇君の話と少し異なるんだが」

岸田博士からもらった紙に目を通し、由宇は難しい顔をする。

「半日で十倍にまで繁殖したか。このまま放っておくと爆発的に繁殖して、ＮＣＴ研究所だけでなく、外のありとあらゆるものを食い尽くすぞ」

15

「全ゲートを閉じろ。一匹でもネズミを外に出すわけにはいかない」

「ライフルからレーザーサイトは外しておけ。赤外線パルスレーザーで狙《ねら》いなんかつけてた日には、ネズミは逃げ回って一生当たらないぞ」

「十区画に異常。現段階でNCT研究所の60パーセントの電源系統がダウンしています。停電の起こる時間は徐々に短くなっています」

NCT研究所内があわただしくなった。岸田《きしだ》博士は由宇《ゆう》のそばを離《はな》れ、各地に指示を出している。

その中で由宇は一人、自室の研究所で捕まえた唯一のネズミを前に、機能の解《わか》らない機械を調整している。

「何してるんだい？」

後ろから覗《のぞ》き込んで由宇のやっていることを見ているのは八代《やしろ》だ。本来の仕事場ではない八代は、いまは手持ちぶさたにしている。

由宇は何かの機械をいじり、ガラスケースの中ではネズミが落ち着きなく動き回っていた。

「繁殖力《はんしょくりょく》があると言うことは、発情期のサイクルが短いことを意味する」

「そうか、そうだね」

「ならばそれを利用しておびき出す」

由宇の言葉と同時にネズミの動きが急に落ち着きのないものになった。

「この周波数か。いや、もう少し調べよう」

由宇が集中しているのを見て、八代は邪魔《じゃま》にならないようにその場をそっと離れた。

部屋を出れば由宇が生活するガラス張りの空間で、一番広い部屋に出る。ちょっとした体育館並だ。部屋の端にはスポーツジムのように様々な運動器具や計測器が立ち並んでいる。

「まあ、体なまりそうだもんな」

八代はそのうちの一つ、握力計を何気なく手に取る。1グラム単位で計測できる立派なものだった。

「へえ、アスリート用かな？」

八代は握力計で自分の握力を計測し、しかめっ面《つら》をする。

「うわ、落ちてるなあ。大学時代の不摂生《ふせっせい》がたたったかな。おっ、履歴《りれき》も表示できるのか」

由宇の握力に興味を抱き、八代は握力計の履歴を表示する。

「じつはとんでもない怪力の持ち主だったりして。なんてね、そんなことあるわけないか。18・114キロか。ほら、可愛《かわい》らしい握力だ」

大人びた由宇が子供らしい握力しか出せていないことが微笑《ほほえ》ましく、八代は次々と履歴を表示していった。

「18・115、18・116、18・117、18・118……」

しかし、数値を読みあげる八代の表情は徐々に強張《こわば》っていく。

「18・119、18・120。ちょっと待ってよ。なんで計測結果がきっちり1グラムずつ、増えてるんだ？」

不安にかられ部屋を見渡しながら、八代《やしろ》はふとあるものの前で立ち止まった。

「ウォーキングマシン？」

走る空間は充分にあるのに、狭いスペースで走るための機械がある。なぜ先ほど違和感を抱かなかったのか。

ウォーキングマシンのそばにいくと、先ほどと同じように、計測結果の履歴《りれき》に目を通した。

「これもだ。一定のパターンがある」

さらにいくつかの履歴を参照できる計測器具を次々と八代は見ていった。

「どうなってる？　あの子の体はどうなってるんだ？」

すべての器具の計測値は一定のパターンを記録していた。そのパターンは精密にして正確に。どれ一つとして、決して崩れることはない。

八代は恐る恐る研究室で機械の調整を続けている由宇《ゆう》を見、握っていた計測器が小刻みに震《ふる》えていることに気づいた。

つい先ほどまでは美しい十二歳の女の子にしか見えなかった少女が、得体《えたい》のしれない何かに思えてきた。

16

頃合《ころあ》いを見計らって八代は通信機に話しかけた。

「どうだい、換気孔《かんきこう》の中は？」

『モグラになった気分だ』

由宇の返事は早かった。

「はは、さしずめ君はモグラのお姫様だね。あれ、気に入らなかった？　誉《ほ》めたのに」

『それを誉め言葉として贈る君の常識を疑う。よし、場所としてはここが申し分ない。いま戻る。通信を切る』

八代がいるのは広い部屋だ。部屋の中央には由宇が調整した機械がある。繁殖期《はんしょくき》のネズミを刺激し一箇所におびき寄せるというのが、由宇の発案した作戦だった。

「あの娘の喋《しゃべ》り方、おかしいと思わないかね？」

隣《となり》で心配そうにしている岸田《きしだ》博士は、由宇が換気孔から戻ってくる間を見計らってか、話題を切り出してきた。

「おかしいとはいいませんが、その、まあ、男っぽいっていうか」

「昔はそうじゃなかったんだ。少し変わっていたが、女の子らしい話し方をしていた。男っぽい、突き放した話し方をする娘ではなかった」

「じゃあ、いつから？」

「いつからだろうね。……ある日を境に由宇《ゆう》君は、あのような話し方をするようになった。きっとこの世界に味方はいないと悟ったのだろう。世界から拒絶される前に、世界を拒絶したんだ」

八代《やしろ》は何か言おうとして、そのまま口をつぐむ。安易な慰《なぐさ》めの言葉が無意味なことだけは解《わか》った。

「私には何もできん。あの娘が安心して過ごせる外の世界を与えてやることはできない」

「ここが一番安全じゃないんですか？」

「……どうだろうな。何を基準に安全と言えばいい？　太陽を見ることもなく、世界から存在を抹消《まっしょう》され、誰《だれ》も信用できず……。そのような場所で生きていることを安全といっていいのかどうか」

「難しい問題ですね」

適当な答えを返すことははばかられ、かといって上手《うま》い言葉も思いつかず、沈黙《ちんもく》が怖くなり八代は別の話題を切り出した。

「岸田《きしだ》博士、聞きたいことがあるんですけど」

「なんだね？　私に解ることなら」

「あの部屋にあった運動器具についてなんですが」

「ああ、あれか。由宇君が運動不足になると言ったので用意したのだ。毎日、使っているようだ。あのような場所では運動不足になりがちだからね。いいことだ」

岸田博士の様子からパターン化された測定値のことは知らないように思われた。

――つまりあの娘は、峰島《みねしま》由宇は体の身体能力を完璧《かんぺき》に操ることができるってことなのか？

しかし八代の思考は中断される。由宇が戻ってきたのだ。

「何を話していた？」

「いやなんでも」

「そうか。準備ができた。作戦開始だ」

部屋の中央にある装置を見て、由宇はコクンとうなずいた。

17

換気孔《かんきこう》の底を蠢《うごめ》くものがある。高いところから低いところへ流れる水のごとく、うねりが流れていく。換気孔が合流し、うねりはさらに太く激しくなる。やがてうねりは激流となり換気孔を埋め尽くす。

しかし換気孔は永遠に続くわけではない。唐突に開けた場所に出ると、うねりは一気に広がった。うねりの正体は何百という数のネズミだ。

ネズミは部屋の中央にある奇妙な機械のまわりを落ち着きなく旋回する。やがて数が集まると、換気孔《かんきこう》の孔《あな》という孔がふさがった。

逃げ場を失ったネズミ達《たち》は、ただいたずらに部屋の中を走り回るしかなかった。

18

「何匹いるんだろ?」

窓の外から部屋の中を見て、八代《やしろ》は空恐ろしくなった。

広い部屋の床を埋め尽くすのは、灰色のうねりだ。無数に重なるキイキイという泣き声は、もはや騒音《そうおん》のレベルに達している。

「これがミンクなら一儲《ひともう》けなんだけどな」

「この状況で、そのような軽口がたたけるとは、肝が据わっている。それとも単に緊張感《きんちょうかん》のネジが緩《ゆる》んでいるだけか」

「いや、ははは。前者だと嬉《うれ》しいね」

「私の推察では前者の可能性は8パーセントにもみたない」

八代の軽口に、由宇《ゆう》は律儀《りちぎ》に真面目《まじめ》に答える。

「そんなあ」

「いや、すまない。可能性ではなく割合と言うべきだった。肝が据わっていると表現できる部分も7パーセントはあるということだ。安心しろ」

「いや、だからそういうことでなく」

「なんだ、何が不満だ、男のくせに細かいところにこだわるな、君も」

「男とか細かいとかって関係ないと思うけど」

「待て。君と無駄口《むだぐち》をきいている間に終わったようだ」

催眠ガスが部屋を満たし、やがて無数のネズミ達は静かになった。

19

「よし、一匹残らず回収してくれ」

岸田《きしだ》博士の指示のもと、職員達が気を失ったネズミを回収する。その作業は一時間あまりで終了し、床はもとどおりの無機質な灰色を取り戻した。

作業員もいなくなり、残ったのは由宇と岸田博士と八代の三人だけになる。

「ようやく終わった。由宇君、お手柄だよ。この分だと伊達《だて》さんも、君の待遇向上を無視することはできないだろう」

「……」

「いや、待遇向上なんて二の次だ。本当にありがとう、由宇《ゆう》君。君のおかげでみんな助かった」

由宇は黙《だま》って下を向く。その様子をいぶかしげに見ていた八代《やしろ》は、由宇がはにかんでいるのだと気づいた。思わず頬《ほお》が緩《ゆる》んでしまう。どんなに普通とかけ離《はな》れた天才少女でも、心は十二歳の子供と変わらないのだ。

「だから由宇君、いま少しあの地下で我慢《がまん》してくれないか。……八代君、彼女を部屋に連れて行ってくれたまえ」

「ええ、おやすいご用ですよ」

八代が由宇の肩に手をやりうながすと、思いのほか素直についてきた。部屋を出ようとしたとき、由宇は振り返った。

「岸田《きしだ》博士」

「ん、なんだね？」

「私は、あの……あ……」

「どうしたんだい？」

柔和《にゅうわ》な顔を浮かべる岸田博士。由宇はまるではにかんだような、こまったような顔をして、何かを言いかけていた。しかし由宇が口をひらきかけた瞬間《しゅんかん》、由宇の表情は見る間に強張《こわば》った。岸田博士の背後の壁の色が変わり、波のようにうねっている。

「危ない！」

由宇が叫ぶより早く壁のうねりは崩れ、岸田博士に降りかかった。

「うわあああっ！」

壁に擬態《ぎたい》していたネズミの群れは、あっというまに岸田博士を覆《おお》い尽くし、千匹以上のネズミは床一杯に広がっていく。

「くそっ！」

八代の判断は速い。ライフルを構えるとスコープの赤外線パルスレーザーで岸田博士を覆っているネズミを狙《ねら》う。ネズミの群れはすぐさまはがれて、その下から気絶した岸田博士の体が現れた。

八代は赤外線スコープでネズミを狙いながら道を作り、岸田博士をかつぐとなんとか部屋の出口まで走る。

ドアの開閉スイッチを押すと電気ショートを起こしながら開いた。岸田博士を引きずったまま、八代と由宇はすぐさま外に出ると、ドアを閉めるためにボタンを押す。しかし何も起きなかった。

「くそっ、肝心なときに壊《こわ》れたか」

NCT研究所内で電気ショートはもう何度も起こっている。ドアの開閉装置が壊れるのも無理からぬことだが、あまりにタイミングが悪すぎた。

ドアから流れ出ようとするネズミを食い止めているのは、八代《やしろ》の持っている赤外線スコープだけだ。しかしそれも長くは持ちそうになかった。電池残量が残り少ないことを液晶ディスプレイが伝える。

由宇《ゆう》は決意を固めた表情で、ネズミの群れを見る。

「ここは私が食い止める。早く行け」

「僕の台詞《せりふ》を取らないでくれるかな。ここは一番、戦闘力《せんとうりょく》に優《すぐ》れた僕が食い止めるってのが、残念ながら常套《じょうとう》手段だと思うんだよね。残念ながら」

「二回も繰《く》り返さなくていい」

「けど、そうでしょ、男の見せ場は常にピンチと背中合わせって」

軽口を叩《たた》きながらも黒いうねりを前にして、八代は冷や汗を流す。食い止めるにしても、どうやってそれを行うか瞬時《しゅんじ》に名案など浮かばない。いや、一つだけ見当はついているのだが、二人を逃がすためにオトリになっても果たして食い止めきれるか、勝算は低かった。

対し由宇の表情にかわりはない。

「戦闘力に優れるという基準なら、私が食い止めるべきだ」

由宇はうねりをまっすぐに見つめ、耳を疑うことを言う。

「お嬢《じょう》ちゃん、ここでの戦闘力ってのは、頭の良さは含まれないから。あれ？」

八代を取り巻く世界が一回転した。自分が一回転したのだと気づいたのは、背中をしたたかに床に打ち付けられたときだ。見下ろしている幼い少女は、八代の手を奇妙にねじっている。由宇が自分を投げたと理解するのに、数秒を要した。八代とて、常人とは次元の異なる鍛《きた》えられかたをしている。その八代が投げられたということすら、意識できなかった。気づいたのは背中の冷たい床の感触があったからだ。

「正確に分析しようか。君の戦闘力を1とした場合、私の戦闘力は4・27。つまり八代、君は四人がかりでようやく対等。五人で辛勝。それでも君の戦闘能力を一般兵士より遥《はる》かに高く評価してのことだ。さっき私の後ろにいた兵士なら百人がかりでも永遠に私には勝てない」

由宇は八代の手を離《はな》すと面倒くさそうに手を振る。壁にぶつかって落ちたのは、由宇を拘束していた手枷《てかせ》だ。

「この程度の拘束では、私の自由を奪ったことにはならない」

たたんと軽く床を蹴《け》った。少女の小柄な体は美しい放物線を描き、長い髪がそのあとを追う。放物線の先は壁だ。由宇の体は壁に激突する前にひねられ、足の裏が壁を大地として噛《か》む。さらにもう一度跳躍《ちょうやく》が、今度は真上に行われた。頭上に伸ばされた手が、天井《てんじょう》のパイプをつかみ、パイプをつかんだ手を軸とし揺れた体は、放物線の最頂点で再び空中に投げ出される。ネズミが蠢《うごめ》く床に落下する前に、由宇の手は倉庫中央のフェロモン発生装置の頂上部をつかむ。そこから片手で逆上がり、装置の真上に両足で着地した。

「……なっ」

八代《やしろ》はただ呆然《ぼうぜん》と、由宇《ゆう》が行った一連の動作を見る。いったい何が起こったのか凡人では理解できなかっただろう。

岸田《きしだ》博士は由宇の運動能力を、同年代の子供より劣っていると言わなかったか。地下に五年間幽閉され、体力は衰《おとろ》えていたのではなかったか。頭脳以外は十二歳の子供に過ぎないのではなかったか。

だからこそ手足の拘束と最低四人の兵士という条件下で由宇は自由を許されていた。そのはずだった。

「ここは私がなんとかする。八代、君は岸田博士を連れて逃げろ」

八代は瞬時《しゅんじ》に理解する。この幼い天才は、五年間伏して待っていた。逃げる機会をうかがい、誰《だれ》にも悟られないよう身体能力をこっそりと磨《みが》き、はかない希望を胸に抱き続けていたのだ。

なのにいま、それをフイにしている。岸田博士と八代を助けるために、あえて投げ出そうとしている。その胸中を八代は想像するしかできない。

ただ確かなのは、部屋の中央に立つ少女の気高い美しさだ。その姿は八代の胸を強く打った。

「君は……」

「早く行け」

同情も尊敬も拒絶し、少女は己の戦いに没頭する。

灰色のうねりは中央から盛り上がり、由宇へ突進しながら形を形成しはじめた。それは獣《けもの》の頭部だ。人を丸呑《まるの》みにするほどに大きな顎《あぎと》が、由宇へ迫る。閉じられた顎は、鉄製の装置をいともたやすく両断した。

先ほどと同じように天井《てんじょう》のパイプを軸に、由宇は猿《ましら》のように別の場所へ移った。さらにうねりの別の箇所が細く盛り上がると、一本の爪《つめ》と化し、着地したばかりの由宇の背に迫る。しかし、それをバク転の要領でかわし、なおかつ爪の背に着地すると、さらにその背を蹴《け》り、天井のパイプに再びぶら下がる。

するとネズミ達《たち》は奇妙な行動を始めた。いっせいに近くの仲間のしっぽを口にくわえたのである。

「直列つなぎか。何万ボルト出すつもりだ？」

由宇は表情を強張《こわば》らせると、ぶら下がっている足をパイプに絡《から》ませて、天井に張り付く。ほぼ同時に床一面が、紫電の絨毯《じゅうたん》と化した。おたがいのしっぽを加えたネズミ達は、電池の直列つなぎと同じ状態だ。いま由宇が床に落ちれば、一秒を待たずに黒焦《くろこ》げになるほどの電力が放出されている。

由宇は天井に張り付いたまま、腰の後ろから銃を引き抜く。

「え、いつのまに？」

八代が驚《おどろ》くのも無理はない。由宇が手にしているのは警備兵の持っていたものだ。しかし数千というネズミを相手に拳銃《けんじゅう》一つでどうしようというのか。

だが由宇《ゆう》の表情には明らかな勝算がみてとれる。

由宇が狙《ねら》ったのは、床ではなかった。腕をほぼ水平に構える。すなわち天井《てんじょう》の一部を狙っていた。しかし引き金はなかなか引かれない。狙っているのでもタイミングを計っているのでもなかった。

次の瞬間《しゅんかん》、一発の銃声が響《ひび》いた。

同時に大量の水が、放電を続けるネズミ達《たち》に降り注いだかと思うと、焦《こ》げ臭《くさ》い臭《にお》いが床に漂った。

水に濡《ぬ》れ、伝導率が高まったネズミ達は、己の電流で自滅してしまった。

20

由宇は銃を構えた姿勢のままでいた。トリガーにかかる指はいまだ引かれてはいなかった。

「よけいなマネだったかな？」

由宇が声の方向に顔を向けると、いまだ銃口から煙が立ちのぼる銃を持った八代《やしろ》がいる。

「なぜ撃《う》った？」

「君がためらっているように見えたからね。気のせい？」

由宇は肯定も否定もしない。床に降りると、屍《しかばね》と化したネズミ達を見つめる。幼い横顔は感情を押し殺していた。同じく感情も殺した声でぽつりとつぶやく。

「……他《ほか》に方法があったかもしれない」

「かもね。でも僕達にそんなのんびりした選択は許されてなかった。確実に完璧《かんぺき》に駆逐《くちく》するしかなかった。違うかい？」

八代は笑う。軽薄《けいはく》な、感情を悟らせない笑みは、由宇の無表情と同質であった。

「その笑顔、信用できそうにない」

「あれ、そう？　ははは、まいったなあ。女の子には素敵《すてき》な笑顔だって評判なんだけど」

「口も信用できない」

「ねえ、一つ聞いていいかな」

「だめだ」

「君は体を思うままに操れる。日々の気の遠くなるような訓練の果てに手に入れた能力だ。君はずっと、その特殊な身体能力を隠してきたんだろう？」

「人の話を聞け」

「質問に答えてくれる？」

「コミュニケーションが成立していない」

「うん、気のせいってことにしておこう。でも、ありがとう。本当にありがとう」

「……何がだ？」

「……君の五年間の努力をふいにして、君の自由とひきかえにして、僕と岸田《きしだ》博士を助けてくれた。君は長い年月をかけて自在に操れる体を作っていた。いつか逃げる日のために。それなのに」

「べ、別に君達《たち》を助けたわけではない。あのネズミを放置するわけにいかない。私が作り出したものに責任をとったまでだ。誤解するな」

「たよりない男でごめんよ。もう少し僕が強ければね」

「話を聞け」

「そうだね、本当にありがとう」

「だから話を聞けといってる」

由宇《ゆう》はいつしか諦《あきら》めた口調になっていた。

21

由宇の部屋で、由宇と八代《やしろ》はガラスケースの中、一匹だけ生き残ったネズミを見ていた。

「どことなく、憎めないネズミだったなあ。直列繋《つな》ぎでチュウ」

「見た目の可愛《かわい》らしさとユーモラスな能力に惑わされるな。これほど建物や都市の制圧支援に向いたデザインの遺産兵器は前例がない。擬態《ぎたい》や群生で様々な大きさの動物にカモフラージュするから発見しにくい。赤外線を避《さ》ける習性から監視カメラにも映らない。そして放電能力により、建物や都市の電気系統を麻痺《まひ》させる。なおかつ百匹も送り込めばネズミとショウジョウバエの繁殖力《はんしょくりょく》で、瞬《また》く間に増殖する。コスト面でも優秀だ」

その言葉を聞いて、八代は切なくなった。目の前の少女が遺産兵器を語る言葉は彼女自身のことのようだ。八代は無理に明るい口調で応《こた》える。

「あ、ありがとう。丁寧《ていねい》に説明してくれて。報告書にちゃんと書いておくよ。次からは僕みたいな下《した》っ端《ぱ》に持たせるなってね。じゃあ、これも今、確実に……えっと、ああ、破棄《はき》したほうがいい？」

「いや、彼等《かれら》の細胞崩壊《ほうかい》は早い。世代を重ねるごとに衰弱し、やがて滅ぶ。これはあと一日ともつまい。アポトーシス――計画された細胞死が世代を超えて受け継がれるため、何世代で絶滅するかまで定められている。予期しない被害の拡大はない」

「……はかないね」

「人為的に作られた存在だ。兵器として作られている以上、あたりまえのことだろう。相手を滅ぼした後、自分達まで滅ぼされたら本末転倒だからな」

淡々とした口調は冷静さを装《よそお》ってはいるが、由宇が遺産兵器に自分を重ねているのは確かだった。

「じゃあ、このネズミは預かっていくよ。ADEM本部のほうに持ってこいって命令だから」

八代《やしろ》はとっさに嘘《うそ》をつく。まだネズミに対する命令は出ていなかった。

だが、ガラスの牢獄《ろうごく》に閉じこめられた少女に、ガラスケースの中のネズミの最期《さいご》を看取らせるのは、あまりに残酷《ざんこく》に思えた。

「持っていっていいかい？」

返事はしばらくなかった。しばらくして気のせいかと思うくらいわずかに、由宇《ゆう》は首を縦に振った。

22

最後の一匹となったネズミは、遠ざかる少女を見つめながら、一度だけ鳴いた。

ここに来たときと同じように運ばれていく。来るときはたくさんの仲間と大きな檻《おり》に入れられていた。今は小さいガラスケースだ。

運んでいる人間の顔には見覚えがあった。茶色い髪をした若い男で、ここに運んできたときは、文字通り右往左往しながら台車を押していた。だが今はもうここに来たときの、あの頼《たよ》りない印象はどこにもなかった。

周囲の様子が目まぐるしく変わる。廊下を歩きエレベーターに乗りまた廊下を進む。ときどきケースを覗《のぞ》く人間の顔が見える。

しかし景色の変化を眺めるのにも飽きてきた。好奇心を満たすものはなくなった。それとも気力がなくなったのか。だるさに近い眠気が体を襲《おそ》い、ネズミはそのまま体を丸めた。

――なぜあんなにも悲しそうな顔をしていたのだろう？

自分をじっと見つめていた少女の表情を思い出したのを最後に、意識は途切れ、ネズミは深い深い眠りに旅立った。

エピローグ

それでどうしたって？

もちろん、僕は報告書に書いたよ。見たままの峰島《みねしま》由宇の能力を。

酷《ひど》い？　それがもとで彼女はより厳重に拘束されることになった？　うん、まあそういう見方もあるかな。

でも結局、一部始終、監視カメラに映ってたんだし、虚偽の報告をしたところですぐにバレるだけじゃない？　しかたないよ。しかたないって、嫌な言葉だけど、しかたない。すまじきものは宮仕え、だね。ほんとに。女の子を助けてあげたくっても、どうすることもできやしない。組織の中での個人の力なんて微々たるものさ。

でも、だから、せめて僕は、ほんとにささやかだけれど、彼女の計画の片棒を担《かつ》ぐことにした。

報告書に一つだけ嘘《うそ》を書いた。いや、解《わか》ってて書かなかったことって言えばいいのかな。

何かって？　峰島由宇《みねしまゆう》は本当は心優しい女の子だってことさ。

それを言ってあげれば、待遇向上……になんか、なるわけないしね。

肉体労働を頭脳労働に置き換えるってことも隠しておきたかったと思うけど、彼女が一番隠しておくべきだと思ったのは、その優しさだと思ったから。

彼女自身、もしかして自分の優しさに気づいていなかったのかもしれない。でもそれなら、なおのこと、秘密にしておくべきだろう？

峰島由宇の心は機械みたいで冷たくって感情なんかないって思わせておくに越したことないじゃないか。彼女に優しい感情があることが知れたら、そこにつけこんで利用するやつ、たくさんいるだろうしね。大人はずるいからさ。——僕も含めて。

だから、僕は、僕が感じた峰島由宇について、一切報告書に書かなかった。

それが何も出来ない僕自身への言い訳だとしても。

事件のあと、彼女の研究室に残った最後の一匹を、上に報告するからと言って、僕が彼女の部屋から持ち出したのは、彼女の言うとおりすぐに死んでしまうなら、それを彼女に見せるのが忍びなかったから。そしてやっぱり彼女の言葉どおり、最後のネズミは、帰りのエレベータ

—で、僕の手の中で死んでしまった。

僕はそのネズミを、こっそりNCTの裏に埋めて、小さなお墓を作った。木漏《こも》れ日《び》がふりそそぐ、なるべく柔らかい場所を選んで、一輪だけ、花を添えて。

小さなお墓に手を合わせてから空を見上げると、木々の間から初夏の日差しがとてもまぶしかったのを覚えてる。

今日もあのネズミは、NCTの裏の静かな森の中で、暖かい日差しを浴びているだろう。

いつか峰島由宇が同じように、暖かい日の光を浴びることができるのを、僕はあれからずっと祈っているんだ。

囚《とら》われのお姫様を救いだす、王子様はきっとあらわれるってね。

2話

Romantic holiday

プロローグ

ノックをしても返事はなかった。

「由宇《ゆう》さん、起きていまして?」

扉を開けて部屋の中を覗《のぞ》くと、由宇は目を瞑《つぶ》ってベッドに横たわっていた。数日前に訪れたときも似たような格好で寝ていた気がする。

「まさかずっと寝ている、というわけではありませんわよね?」

一歩足を踏《ふ》み出そうとして、麻耶《まや》は慌てて足を引っ込めた。床がない。いや、床がないわけではない。床は透過処理に設定されており、床の向こうは奈落《ならく》の闇《やみ》、深海が広がっているのだ。

「これだけは、慣れませんわ」

つま先でつついて床があることを確かめ、おそるおそる足を踏み出した。足の裏に確かな感触があることにほっとする。床がないはずはないのだが、心理的恐怖がどうしても湧《わ》き上がってしまう。

忍び足で部屋の中に入ると、

「君もまめだな」

由宇が突然声を発した。部屋に入ってきたときとまったく同じ格好で、目だけが開いていた。正直、ちょっぴり怖かった。

「お、起こしてしまいましたか？」

「いや、もともと深い眠りではなかった」

由宇は体を起こすと、麻耶がかかえていた封筒に目を留める。

「それは？」

「この前お話ししたアルバムですわ。見たいとおっしゃいましたでしょ？」

「ああ、そうだった」

上半身を起こし、ぼさぼさになった髪を乱雑にかきあげながら、由宇は封筒の中からアルバムを取り出した。綺麗《きれい》な髪がぞんざいに扱われているのを見て、麻耶は落ち着かない気持ちになった。これだけぞんざいに扱っていてこんなに綺麗なのだから、手入れをすれば艶《つや》やかな黒髪になるだろうに。

麻耶は自分の肩までしかない髪をいじりながら、幼い頃《ころ》、お人形によくしたように、由宇の髪をとかしてみたい衝動《しょうどう》にかきたてられた。

「これがアルバムか」

そんな麻耶の思いに気づくこともなく、由宇は麻耶から渡されたアルバムを四方から珍しげに観察している。

「そんなに珍しいものですか？」

「私はアルバムというものを持っていないから、一度見てみたかった。なんでも幼少のころからの写真を貼《は》っておくというが」

由宇《ゆう》はまだ茶色い革の表紙を眺めている。最初は見せるのを気恥ずかしいと思った麻耶《まや》だが、その一言に、小さな羞恥心《しゅうちしん》はどこかに吹き飛んだ。

「由宇さんはアルバムをお持ちになったことも、見たこともないのですか？　あの、デジタル化されコンピュータの中に入っているという意味ではなくて？」

「ああ、小さいころの写真など私にはない。いや、必要ないとも言えるな。写真とは記憶《きおく》の補助だ。忘れなければ必要ないしろものだ」

そう言って由宇は笑う。たぶん本気でそう思っている。だからこそ麻耶は悲しい気持ちになった。最初に会った頃《ころ》の冷たい印象と違い、最近の彼女はずいぶんと少女らしい一面を見せるようになった。しかし過去の過酷《かこく》な境遇による感情の欠落は、そう簡単に埋められるものではない。そのことを何気ない一言から思い知らされる。

「いいえ。忘れなければ必要ないというものではありませんわ」

由宇はそうなのか？　と不満そうに眉《まゆ》をひそめた。麻耶が写真の必要性をどのように語ろうか考えていると、由宇から意外な言葉がでてきた。

「そうだ。私にも記念となる映像は山のようにあるぞ。うむ、私ほど過去の記録がある人間も、そうはいないだろう」

胸を張って喋《しゃべ》る由宇を見て、麻耶はほっとした。岸田《きしだ》博士だろうか。だとしたら、由宇の幼少時代に少しばかりだが救いはある。しかし、

「私はずっと監視カメラで観察されていた。すべての映像を保存しているわけではないだろうが、重要なものは残っているはずだ」

麻耶の安堵《あんど》はあっさりと霧散《むさん》した。

「監視カメラ……ですか？」

「そうだ。四六時中監視されていたからな。その時間たるや膨大《ぼうだい》なものだ。時間に換算すれば……」

由宇の言葉を手で制して、麻耶はゆっくりと首を振った。

「由宇さん。思い出を写した写真と、記録では意味が違います」

麻耶はそう言って、アルバムの1ページ目を開けた。そこには生まれたばかりの赤子の写真があった。自分を写そうとしているカメラが珍しいのか、目を丸くしてこちらを見ていた。

「この写真を撮ったのは私のお母様だそうです」

次のページには真っ白な産着《うぶぎ》を着た麻耶を抱いた一人の女性の写真があった。

「お母様ですわ。私が一歳になる前に、亡くなってしまいましたが……」

優しく微笑《ほほえ》む女性は、とても美しいがどこか儚《はかな》げだった。真目家《まなめけ》の当主の妻としては頼《たよ》りなげにも見える。しかし、愛娘《まなむすめ》をわが手に抱き微笑んだ表情は、やはり優しく微笑んだときの麻《ま》耶《や》ととてもよく似ていた。

由宇《ゆう》は黙《だま》って赤子の麻耶を見つめている。

「記録映像になくて、写真にあるもの。それは気持ちだと思います」

「気持ち？」

「ええ、気持ちです。写した人の気持ち、写された人の気持ち。そして写真を見る人の気持ち。きっと気持ちを残すために写真を撮るのでしょうね」

麻耶はそう言ってアルバムをめくっていった。写真には成長して大きくなっていく麻耶が写っていた。麻耶だけではない。兄である勝司《かつし》、北斗《ほくと》、父親の不坐《ふざ》。その中で麻耶は笑って、あるいは照れて、もしくはふて腐れて、写真の中に納まっていた。

「小さいころの君は、髪が長かったのだな」

ずっと写真を目で追っていた由宇は、ぽつりとそんなことを言った。

「そうですわね。昔の私はあなたくらいの長さがありましたわ。ですが……」

麻耶は昔の自分を見る。年の割に大人びた表情をしている。しかし逆に言えば、幼い子供がもつ年相応の潑剌《はつらつ》さに欠けていた。

「あることがきっかけで、髪を切りました」

麻耶はそう言って何ページか飛ばして、アルバムをめくった。そこには写真が一枚だけ貼《は》られていた。

成長はしているがまだ十歳程度の幼い麻耶。その隣《となり》には同じ年頃《としごろ》の男の子。二人の後ろには貧相ななりをした男が二人。奇妙な組み合わせだった。それまでの麻耶の写真はページを飛ばした部分も含め、後ろに写る家具から、一緒《いっしょ》に写っている人々の身に着けているもの、つまり写真に写っているものすべてが上流階級然としたものだったからだ。

その中でもこの写真は異端だ。異端だが、写真に向かってVサインを送っている麻耶の表情は溌剌としていた。そして心底楽しそうに微笑んでいて、さらには麻耶の髪が短くなっていた。

「これは、もしかして闘真《とうま》か？」

麻耶が隣で腕を組んでいる男の子を指差し、由宇は不思議そうな顔をした。

「はい、兄さんと初めて会った日に撮った写真です」

「この写真にも気持ちは写っているのか？」

麻耶は手を合わせると、うっとりと天井《てんじょう》を見上げる。

「はい。兄さんとの出会いは、まさに運命の出会い。私の人生の転機でした」

「それほど大それた出会いだったのか？」

多分に疑いを含めた眼差《まなざ》しで麻耶を見つめる由宇の目があった。それに気づいた麻耶はキッと由宇を睨《にら》み返し、断言する。

「ええ、そうです。とてもとても大それた運命的な出会いでした！」

「ふむ……」

由宇《ゆう》は一度うなると、少し考え込む。

「そうか。血縁者でありながら、あれほど駄目《だめ》な人間を見て、気を引き締《し》めたか？　反面教師というやつだな」

「そんなんじゃありません！　私と出会った時から兄さんは、強くて優しくて素敵《すてき》でした！」

由宇は眉間《みけん》に皺《しわ》を寄せ、考え込む。微妙に話の方向性がずれていることを感じていた。

「一つ確認したいが、私たちはいま坂上闘真《さかがみとうま》という人物について話しているのだな？」

「もちろんです」

由宇は嘆息する。

「君の兄に対する勘違い、いや、誤解は、嘆かわしいものがある。妄想《もうそう》というにふさわしい。現実がああでは、理想化したいと思うのも無理はないが、それにしてももう少し客観的になったほうが良いのではないか。それとも、それが身びいき、家族ゆえの愛情、というものなのか？私にはよく解《わか》らないが、いささか度が過ぎているように思えるが。どうも写真というものは、記憶《きおく》を正しく伝達する手段として不適切なようだ。しかしそれもそうだろう。このような断続的な、しかも一枚限りの写真で何が解る？　記憶を正しく残すなら……」

「それは違います」

麻耶《まや》はいずまいを正すと、まっすぐに由宇の目を見た。

「写真は気持ちを伝えるもの。いまもなお私の気持ちはこの写真の中にはっきりと残っています。嘘《うそ》だと思うなら語りましょう。私と兄さんの出会いを。あの日の出来事を。そう、あれは私が十一歳だったとき。婚約者がいると知らされた日のことでした」

1

「婚約者？」

まるで知らない言葉を耳にしたかのように、真目《まなめ》麻耶は聞き返した。身を乗り出した勢いで綺《き》麗《れい》にカールされた長い髪が揺れる。驚《おどろ》くのも無理はない。麻耶はまだ十一歳になったばかりなのだ。

「堅苦しく考えるなよ。ほら、許嫁《いいなずけ》みたいなもんだ」

「簡単に考えても、許婚と婚約者は同じ意味です」

「ま、まあそうだがよ」

父である真目不坐《ふざ》はカカと笑って、麻耶の非難がましい視線を受け流そうとするも、握り拳《こぶし》を膝《ひざ》の上に置き、じっと見つめ追及する麻耶の視線からは逃れきれないのか、ポリポリと頰《ほお》を掻《か》いてごまかした。

「嫌ですわ」

しかしごまかしは通じず、麻耶《まや》はきっぱりと言い放つ。鉄壁の意思を感じさせる麻耶の断言に、不坐《ふざ》は顔を引きつらせ怯《ひる》んだ。しかしそこは世界の情報の70パーセントを把握する真目家《まなめけ》の当主、怯みこそすれ引き下がりはしなかった。

「そうつれないこと言うな。ともかく、面《つら》ぐらい見てみろや。な？」

額に汗を浮かべて、娘の説得に取りかかる。真目家を取り巻く権力者達《たち》にはあまり見せられない狼狽《ろうばい》ぶりだ。

「どういうお方ですの？」

困った顔をした父親に同情したのか、なんのかんの言っても自分の言うことは絶対に曲げない不坐の気性を知っているのか、譲歩《じょうほ》したのは麻耶のほうだ。

「おお、少しは興味を持ってくれたか」

「持ってません」

「いやまあ、婚約者は男なんだがよ」

「あたりまえです」

「……いや、だから、そうだな。候補はたくさんいるんだ。いろんなのを取り揃《そろ》えておいたから、選《よ》り取《ど》りみどりってやつだ。頭の切れる男もいれば、おっとりした優しい男もいる。その中から好みの男を選べばいい」

曖昧《あいまい》で逃れるような表現に、麻耶の不機嫌な表情はさらにエスカレートしていく。

「そうだ。俺《おれ》が口で説明するより、これ見たほうがはええな。ほら」

不坐はそう言って分厚い封書を置くと、話は終わりとばかりに、立ち上がり部屋を出て行こうとする。そそくさとした態度は、逃走するコソ泥のようだ。

「お父様！　ちょっと、待ってください！　お父様！」

しかし麻耶の声は、乱暴に閉められた扉に弾《はじ》かれてしまった。


しかたなく封筒をひらき、目を通しながら、麻耶の表情は晴れなかった。十一歳という早すぎる年齢は、抗議の理由にはならなかった。政略結婚という言葉がまだ生きている世界にとって、それは珍しいことではなかったし、真目家にとって麻耶の父である当主不坐の言葉は絶対であり、異を唱える人間などいるはずもなかった。

婚約者候補として積まれた、人柄も家柄も学歴も申し分ないお見合い写真と釣書の山は、あまりにも典型的過ぎて麻耶を辟易《へきえき》させた。しかし全部に目を通しておけという当主の言葉は絶対で、逆らうなど許されるはずもない。

真目家の仕事もこなしながら、飛び級で大学に入学したという、そのお祝いにしてはあまりな仕打ちだった。

十歳のときの誕生日プレゼントは世界一高いビルだったというのに。そしてその仕事にも徐々に楽しさを覚えてきたところだというのに。

「……二十点」

律儀《りちぎ》に全部に目を通した麻耶《まや》の最初の感想がその一言であり、それがすべてだった。

いまの日本に自分と同じ境遇の十一歳が何人いるだろう。特異な家柄に生まれたとはいえ、時代錯誤《さくご》で理不尽《りふじん》な境遇を麻耶は恨めしく思った。

気分転換に窓の外を見る。真目家《まなめけ》の本家は広大な山に囲まれた一角にある。正確には視界に入る山々はすべて真目家のものだが。

「……ふう」

「なんだ、お気に召さなかったのか？」

突然の声に麻耶は、それほど驚《おどろ》くことなく振り返った。いつのまに部屋に入ってきたのか、けだるそうにソファによりかかる少年がいた。頬杖《ほおづえ》をついた顔はつまらなさそうに、婚約者候補の写真をめくっていたが、どうでもよさげに大きなあくびをすると、テーブルの上に足を投げ出してしまう。

「ところで、久しぶりだな」

手を挙げて友好的に笑う姿を見ても、麻耶は眉《まゆ》をひそめただけだった。

「北斗《ほくと》お兄様、テーブルは足を乗せる場所ではありませんわ」

妹にたしなめられた北斗は、しかしそれが嬉《うれ》しいかのようにさらに笑みを深めると、姿勢を正し、ソファに座り直す。今度は打って変わって非の打ち所のない姿だが麻耶は、

「行儀良すぎるのも、嫌みです」

と非難した。さらに姿勢を変えても麻耶はよしとせず、

「品がありません」「太平楽《たいへいらく》過ぎます」「みっともないです」「似合いません」

と次々に不可を出す。

「どうすりゃ満足なんだ？」

「自然体が、一番いいですわ」

「あ、そう」

北斗は気の抜けた返事をすると、ソファに横たわる最初の姿勢に戻った。今度は麻耶も何も言わず、テーブルを挟んでソファに座った。

「いつ日本に？」

麻耶は質問を一つ置くと、紅茶を口にして返事を待った。

「ん、三時間前。まっさきにおまえの顔を見に来たんだ。少しは歓迎しろ」

「妹の部屋にこっそり忍び込む嘆かわしい変態にもかかわらず、首根っこつかんで追い出さないだけ、充分な歓迎の意を表明していると思いますけど？」

「のどが渇いたなあ」

そう言って麻耶《まや》の飲んでいる紅茶を物欲しそうな顔で見る。

「光合成でもなさいなさいな」

「冷たいな」

そう言いながら婚約者候補の資料をまた手に取る。

「ロクなのがいないな」

「北斗《ほくと》お兄様よりはましだと思いますけど」

「俺《おれ》は二十点以下か？」

いつからこの部屋にいたのだろう。麻耶は小首を傾《かし》げたが、神出鬼没の兄にそのような疑問を抱いても、たいていは徒労に終わるのであえて頭の隅に追いやった。

それよりも不気味に鼻歌を歌っている姿が気になる。上機嫌なのはいいが、理由を聞かれるのをあからさまに待っている。

無視して紅茶を飲んでいると、

「今日はなんていい日なんだ」

さらにわざとらしく声を追加し始めた。これ以上放置しておくのも面倒なので、聞くことにする。

「ずいぶんと機嫌がよろしいようですわね」

「あ、解《わか》る？」

「ええ、解りたくはありませんでしたが」

「しかたないなあ。そんなに聞きたいって言うなら、機嫌のいい理由を教えてやるよ」

「けっこうです」

「遠慮《えんりょ》するな」

「断固としてお断りしますわ」

「肩の荷が一つ下りた。あんな面倒なもの、継承したくないしな」

麻耶の返答をまったく無視して、思わせぶりな言い方をする北斗。

「まっ、女のおまえには関《かか》わりのないことだけどな。いやあ、せいせいしたよ」

「なんですの？」

気に障《さわ》る言い方と気になる言い方に、つい聞き返してしまったものの、内心、北斗の話術にはまっていく己に苦笑するだけの冷静さはあった。

しかし、北斗は上機嫌に笑うだけで答えない。

この兄はどこか他人行儀《ぎょうぎ》でまじめな長男の勝司《かつし》と違い、一見お気楽で愛嬌《あいきょう》がある次男坊に見えて、その実つかみどころがない。ある意味一番不坐《ふざ》に似ていた。かといってどちらの兄が好きかと聞かれれば、麻耶は迷うことなく両方嫌いだと答える。何か意地悪をされたわけではない。冷たくされているわけでもない。だがある頃《ころ》から麻耶は気づいてしまった。自分が無抵抗なお人形でいない限り、兄達《たち》は自分を競争相手とみなし、容赦《ようしゃ》なく情など捨てるであろうことを。

「ま、あまり思いつめるなよ。真目家《まなめけ》の人間は孤独なんだ」

まるで自分の心を読んでいたように、北斗《ほくと》が言った。驚《おどろ》く麻耶《まや》を意に介さず、

「特別なんだからしかたがない。それが嫌なら平凡に生きろよ」

そう言って、麻耶の前の見合い写真の束を目で指す。

「父さんも一年前、お前にKIBOUをやらせたころは、遊び半分だったんだがな。いかんせんおまえは優秀すぎる。だからそれは父さんなりの愛情かもしれないぜ」

その通りかもしれない。少なくとも麻耶の思い悩んでいたことに対する的確なアドバイスだったことは確かだ。だからこそ、やはりこの兄には心を許せないと麻耶は思った。

「そんなことより、継承ってなんのことですの？」

「まあ、まあ、そんな怖い顔するな。ヒントをやるから」

「そのまま答えを言ってくださってもかまいませんのよ」

「そうか？　じゃあ、平たく言うとだ、俺《おれ》と麻耶、それに勝司《かつし》の兄貴以外に兄弟がいるってことだ。具体的には俺の弟で、おまえの兄」

「なんですって！」

麻耶は紅茶をこぼさん勢いで立ち上がると、北斗に詰め寄った。北斗はあちゃあという顔をする。

「話す順番、ミスったか」

「どういうことですの？」

「いや、まあ、落ち着け？」

なぜか疑問系の口調でなだめる北斗だが、麻耶の気持ちはいっこうに収まらない。

「まあ父さんも男だ。外で女の一人や二人こしらえても不思議じゃないだろう？ついでにガキまでこしらえちゃっただけだ」

それどころか火に油を注ぐ。本来の話題ができないのなら、麻耶の反応を激化させるという方向転換をはかろうという心積もりか。麻耶はそれが理性では解《わか》っていても、感情は抑え切れなかった。なにせまだ十一歳になったばかりの少女なのである。

「私の弟か妹ならまだ我慢《がまん》できます。お母様が死んで久しいですから。でも私の兄ということは、お母様が死ぬ前ってことですわね⁉」

麻耶はそのまま立ち上がると、彼女らしくない乱暴な歩みで部屋の外に出る扉に向かい、宣言した。

「お父様に直接聞いてきます！」

勢いよく部屋を飛び出した麻耶だが、廊下を歩くにつれ足取りは鈍った。そして完全に立ち止まると、もう見えなくなった自分の部屋のほうを振り返る。

確かに婚約者の存在は寝耳に水だった。さらに北斗《ほくと》から聞いた腹違いの兄の存在で、完全に堪忍袋《かんにんぶくろ》の緒《お》が切れた。

それでも冷静になると、いくつもの疑問が麻耶《まや》の頭の中をめぐる。

女の自分には関係ない継承権。次期当主の跡目争いのことのようにも聞こえるが、それがあのように軽い口調で語られるような事柄のはずもない。

——もしかして、鳴神尊《なるかみのみこと》のこと?

そこまで考えいたって、麻耶はひとりごちる。

「だとしても北斗お兄様があんな失言をなさるかしら?」

麻耶の足取りが鈍り、しまいには止まった原因はこれだ。いや、正確には少し違う。さらに父のこともあった。不坐《ふざ》は本当に婚約者のところに嫁《とつ》がせようとしているのだろうか。真目《まなめ》不坐という人物にしては、どうも安直な方法に思えた。

北斗の言うとおりだろう。試されている。観察されている。そう感じ取った。

「疲れましたわ……」

肉親でありながら、腹の探りあいをする。まして自分はまだ十一歳だというのに。

「こんなことでいちいち腹をたてて、疲れていては、たぶん生き残れませんのね……」

真目家の人間として、その歴史の悪辣《あくらつ》さは知っている。北斗の言うとおりあるいは婚約者の元に嫁いで、真目家を出るのが一番幸せなのかもしれない。

何もかもむなしくなった。父の元へ向かうはずの足は、いつしか息苦しい屋敷内《やしきない》から外へと向かっていた。

気分転換に庭に散歩に出た。三十分ほど散歩をすると、なんとか気分も晴れてくる。空はどこまでも青く、気分を害したままでいるのは損だと思えるようになった。

遠くに塀《へい》が見えた。もう少しがんばって歩けば、屋敷の端にたどり着く。

麻耶は塀の向こうの世界を知らない。別に家から外に出たことがないわけではない。ただ外には車かヘリで移動し、移動先の乗り物に乗り継ぎ、海外や国内でもプライベートジェットを使う。つまり麻耶は目的地への中間を知らない。いつも窓を隔てて眺めるばかりだった。

塀の向こうの世界に興味はあった。行ってみたいと思わないでもない。ただ無断外出は禁止されている。外に出ようとしてもＳＰが止めるだろう。

しかし今の麻耶は反抗期の始まりにして、反骨精神の塊だった。門の外への好奇心と、なにより父に逆らいたいという欲求から、外へ出る画策を始める。

麻耶はほくそ笑むと、自室に小走りで戻った。出かけるには準備が必要だ。

外部からの不法侵入に対しては鉄壁の守りを誇る真目家《まなめけ》本宅の警備だが、内部からの逃走にはそれほどまでの域には達していなかった。

麻耶《まや》が家出できたのもそのような事情があってこそだ。とはいえそれでも普通の警備より厳重なそれをくぐり抜けたのは、複雑なパターンの警備状況の穴を見破る麻耶の知性あってこそなのだが。

ともかく麻耶は真目家に定期的に出入りする食材運搬用《うんぱんよう》のトラックにこっそり乗り込むことに成功する。

2

そして一時間と十数分後。

麻耶は真目家の呪縛《じゅばく》から解放され、一人で街に立っていた。

「わあ」

初めて接する一般の街は、麻耶の好奇心を際限なく刺激し続けた。建ち並ぶ店や看板、行き交う人々の姿、雰囲気《ふんいき》、匂《にお》い、何もかも刺激的だった。すれ違う人々も、豪華な真っ白い毛皮のケープをはおり、街を物珍しそうに歩く容姿端麗《たんれい》な少女を同じくらい物珍しそうに見ていたが、普段《ふだん》の街の雰囲気を知らないこと、そして幼い頃《ころ》から真目家の一人として注目されていることに慣れている麻耶にとって、それらの視線は気にならなかった。否《いな》、気づかなかった。

好奇心を一杯に街を歩き回っていた麻耶が最初に立ち止まった店は、意外なものだった。

「これが噂《うわさ》に聞くファーストフードですのね」

目を輝《かがや》かせて麻耶は店の前に立つ。雑誌で見た写真と一緒《いっしょ》の雰囲気だ。店名も一緒。どこかごみごみとした店内の印象も、不潔感よりも未知のものへの興味が勝り、不愉快ではなかった。

財布に充分な金額が入っていることを確かめた。カードは足がつくので使えない。

「こんなことなら価格帯を確かめておくべきでした」

財布の中の一万円札の束に目をやり、麻耶は不安そうな顔をする。庶民の平均収入は理解しているから、そこから割り出せる相場は、ある程度想像はつく。しかし予測される価格帯はあくまでも予測であって、確証にいたるものではない。

「食した後に金額が足らないと解《わか》っては、無銭飲食で警察に捕まってしまいます」

麻耶は硬い表情で、店の前でしばらく悩んだ。ファーストフード店の支払いがレストランと同じように後払いだと疑いもしなかった。

「ええい、ままよ……です」

店の前で悩むこと十分、まるで特攻する兵士のようにむんと腕まくりすると、麻耶は店内に足を踏《ふ》み入れた。店内に立ちこめるファーストフードの香りが鼻腔《びこう》をつく。普段食しているものに比べれば、あまりにも粗野だ。しかしやはりここでも未知のものへの好奇心が勝った。店内の様子は、麻耶《まや》の知っているレストランとはあまりにもかけ離《はな》れていた。

麻耶は店内に入ると、ずっと入り口で待っていた。ウェイターの案内を待って、入り口で立ちつくす。しかしファーストフード店にそんな案内などあるはずもなく、麻耶は無為な時間をしばらく過ごしてしまった。

その間も何人か麻耶の脇《わき》を通り抜けては、店内に入っていく客がいたが、緊張《きんちょう》している麻耶は周りの様子がよく頭に入ってなかった。

「遅いですわ」

徐々に不安がつのってきた。もしかしたら自分は許されない粗相をしたのではないか。だから店の人間に無視されているのではないか。

「ここのお店は、ずいぶんと客を待たせますのね」

黙《だま》っていると不安なので、口に出してみる。しかし学生やカップル、買い物帰りのおばさんの一団のけたたましい話し声の前に、あっさりとかき消されてしまう。誰《だれ》も麻耶の存在を気にとめない。真目《まなめ》家《け》の一人娘として注目されることになれている麻耶にとって、それは屈辱《くつじょく》であると同時に初めて味わうたぐいの孤独感へのいざないだった。

唇を噛《か》みしめ不安定に揺れ動く感情を堪《こら》えた。

「ねえ、何してるの？」

ふいの声に麻耶はびくりと全身を震《ふる》わせた。飛び退《の》くように後ろを振り向くと、麻耶とそれほど歳《とし》の変わらない少年が、不思議そうに麻耶を見ていた。少年は一人のようだ。

孤独感は霧散《むさん》したが、同時に湧《わ》き上がった感情はなぜか少年への敵愾心《てきがいしん》だった。

「ウェイターを待っています。しかしファーストフードというのは早さが売りと聞いていましたが、間違いのようです」

「ウェイター？」

少年はしばらく首を傾《かし》げて、

「なんかよく解《わか》らないけど、ここで待ってても注文できないよ。あそこのレジで注文しないと」

そう言って少年は店内の奥を指さす。言われてみれば、そこではなにやら商品らしいものの受け渡しが行われているのが見えた。目に入らなかったわけではないが、緊張でよく周辺の状況が理解できずにいた。

「あそこで……。てっきりクロークかと」

気恥ずかしさをごまかそうと、麻耶は硬い表情で自己弁護する。

「なに、クロークって？　あそこで買うんだよ。見れば解ると思うけど」

なにげない一言だったが、それが麻耶にはカチンときた。

「し、知っていますわ、そんなこと。言われなくても」

反発的な言葉がつい出てしまう。普段《ふだん》の麻耶ならもっと冷静に、礼の一つもするものだが。

目の前の少年は、なぜか見た瞬間《しゅんかん》から麻耶の心をざわめかせた。

「あ、そう？　なんか困ってるみたいだから」

「困ってなんかいません！」

「ふうん？　困ってないならいいんだ」

そう言って少年は店内に入っていくと、皆と同じようにレジの列に並んだ。

麻耶《まや》も十秒ほどためらってから、ようやく列に並んだ。少年とは別の列だ。このような列に並ばされ、待たされるのも初めての経験だ。だが待つことは楽しかった。いつのまにか少年に抱いた奇妙な不快感も気恥ずかしさも消えてしまった。

麻耶はにこにこと並んでいた。


「二度同じ失態は、いたしません」

誰《だれ》に向かって言っているのか、麻耶は自分の番が来ると、流暢《りゅうちょう》に注文をした。前の客の何人かを観察した成果だ。

「顧客《こきゃく》に給仕の仕事の全般を任せることにより、コストの削減を図る。とても合理的なシステムですわね」

注文を終えると麻耶は感心し話しかけるが、店員はそのようなことを言われても微妙な表情をするしかなかった。

空席を探し座ると、麻耶《まや》は庶民の味を楽しむ。大味で、普段《ふだん》食べているものとあまりにもかけ離《はな》れた味だったが、いまの麻耶には何もかも新鮮で面白かった。

3

「現在、麻耶様は二又川町《ふたまたがわ》のファーストフード店にお入りになられた。お食事を楽しんでおられるようだ」

服装こそ一般のそれだが、鍛《きた》えられた肉体と鋭利な雰囲気《ふんいき》は隠しようがない男が、ファーストフード店を見張っていた。

麻耶を監視する目は一つ二つではない。真目家《まなめけ》のご令嬢《れいじょう》に大事があってはならないと、密《ひそ》かに護衛している真目家のSP達《たち》だ。

麻耶の隣《となり》にいた少年が、ふいに後ろを向いた。とっさにSPは物陰に体を隠す。偶然か否《いな》か、少年の警戒する視線は、先ほどまでSPがいた辺りに注がれていた。一見頼《たよ》りなさそうな少年だが、その視線は思いのほか鋭い。

「麻耶様のそばに、少年が一人。誰《だれ》だか解《わか》らないが警戒の必要あり。はい、では念のため顔写真を送ります。照合してください」

SPは隠しカメラの用意をすると、警戒を解いた少年の横顔を写真に収めようとした。少年に気取《けど》られぬよう慎重に行動した。しかしそれが仇《あだ》となった。注意は少年に向き、背後の警戒がおろそかになった。

「うがっ」

うめき声は一瞬《いっしゅん》しか出せなかった。首に長い腕が巻きついていた。頸動脈《けいどうみゃく》が締《し》められ、意識が遠くなる。

十秒もしないうちに掻《か》きむしる手は力なく垂れ下がり、ＳＰは動かなくなった。そのまま気を失ったＳＰの体は、人気のない物陰の奥に引きずられていった。

4

おなかがいっぱいになった麻耶は、張り切って街の探索を再開した。

街は夕暮れを迎え、徐々にその色合いを変えていく。街灯が灯《とも》り始めると、往来の人々の顔ぶれも変わり、昼間の学生や主婦からサラリーマン達に変化しつつあった。そのような様々な変化も麻耶を喜ばせた。

興味のおもむくまま、気の向くまま、街中を歩いていく。太陽も沈み、街のあちこちで安っぽいネオンが点灯を始めた。古くなったのか、今にも消えそうに点滅するネオンも少なくない。しかし麻耶にしてみればどれも宝石の輝《かがや》きに見えた。

それらに気をとられてしまったせいか、麻耶《まや》は低い看板に頭をぶつけてしまった。頭に怪我《けが》をするようなほどのことでもなかったが、そのせいで右側の髪飾りとリボンがとれ、結わいていた髪がほどけてしまった。

慌てて髪飾りを拾い上げたものの、夜のガラスに映る自分を見て麻耶はとほうにくれる。髪はいつも係の者が朝、洋服の支度《したく》とともに結い上げてくれる。綺麗《きれい》にカールをかけ、その日の予定にあわせ服と髪型を整えるのだ。だから麻耶は一度も自分で自分の髪をいじったことがなかった。直そうとしても左側と同じように綺麗にできるはずもない。みっともないので、左側の髪飾りもとると、長い髪が急に重苦しく感じられた。

なにより、自分自身の身支度さえできないことに気づかされ、麻耶はしばし、自分が映る店のガラスの前で立ちつくす。

今の麻耶にとって、他人の手で綺麗に整えられた長い髪は、真目《まなめ》家《け》の呪縛《じゅばく》そのものだった。

「……私ももう子供ではないのですから」

意を決して、漫然と眺めていた景色の中から目的の店を探しはじめる。

そして麻耶はとある店先に目を留めた。美容院だ。幸いまだ営業しているようだった。

シャンプー、カットで三千円のところを、今日は第三日曜日なので二千五百円と書いてある。それが高いのか安いのか麻耶には解《わか》らない。パンクロック風の店員がいることから、もしかして単位はイギリスポンドかとも思ったが、看板にはしっかり円と書かれている。

「サービスや技術は価格に反映されるもの、相場が解らない私に不安がないと言えば嘘《うそ》になりますが……」

しかし、自分は決心したのだ。麻耶は思い切って店のドアを開けた。

「いらっしゃいませ！」

店のドアを開けると、奇抜なファッションをした若者が礼儀《れいぎ》正しく挨拶《あいさつ》をする。麻耶にはすべてが新鮮で、そして怖くもあったが、勇気を奮《ふる》い立たせた。

「あの、あ、はじめまして。わたくし、まな……いえ、前田《まえだ》麻耶と申します。アポイントメントはとっていませんし、紹介もないのですが、今からでも髪を切っていただけますでしょうか？」

庶民的な美容院に、一目で本物と解る真っ白い毛皮のケープを羽織り、突如現れ丁寧《ていねい》な言葉で挨拶するお嬢様《じょうさま》。その不思議な光景に、店内全員の動きが止まった。

髪をばっさり切ると、心とともに体まで軽くなった気がした。

40センチは切っただろうか。あごの辺りで切りそろえた髪には毛先と前髪にシャギーが入り、風に揺れている。

美容師は切ることをしきりに惜しがったが、麻耶は渡されたヘアカタログから、一番手入れが簡単そうで、なおかつ品のある髪型を選び、それにしてくれと言った。

洋服も髪型もすべてあつらえられてきた麻耶《まや》にとって、生まれて初めて、自分で選んだ髪型だった。それだけで嬉《うれ》しかったし、切ることを惜しがっていた美容師も、切り終わった時にはこの髪型のほうが、麻耶の大きくくりっとした瞳《ひとみ》と、整ったあごの形をひきたたせ、似合っていると言ってくれた。

軽くなった体と心で、踊るようにくるくると歩いていく。まるで舞踏会《ぶとうかい》だ。その姿は、他《ほか》の誰《だれ》とも一線を画する。庶民とはかけ離《はな》れた少女であることは、一目見ただけで誰にでも解《わか》った。

誰もが思う。なぜあのような小さな少女が一人でこの街を歩いているのか。誰もが感じる。少女の存在の危うさを。

しかしそのような好奇の視線に気づかず、麻耶は夜の街に溶けていく。まして、後ろからこっそりつけている二人の男に気づくはずもなかった。

5

軽やかな足取りが、タタンとたたらを踏《ふ》み止まった。かと思えば、バランスを崩し体が不安定に左右へ揺れた。

「あっ、あっ、きゃっ！」

しりもちをついた麻耶はお尻《しり》をさすり、浮かれすぎて転んだことを恥じた。さらにみっともない姿を人々にさらしてしまったことに気づき、さらに顔を赤くした。

「これは、その……淑女のたしなみの一つですわ」

よく解らない弁解を述べながら麻耶は立ち上がると、服の汚れを払った。お気に入りの洋服が汚れてしまったことに、眉《まゆ》をひそめる。

「もう……あら？」

ようやくそこで麻耶は、人の目を気にして恥じる必要がないことに気づいた。周りには誰もいなかった。商店街から横道にそれた奥は放置された開発予定地で、普段《ふだん》から人通りも少なかった。そしていくつかの偶然が重なり、デッドスポットができあがっていた。

麻耶はほっと息を吐《は》き出す。恥ずかしい姿を誰にも見られていないことに、安心した。しかしそれもつかのまのことだ。奇妙な静けさが麻耶の心にじわりと恐怖を植え込んだ。誰もいない薄暗《うすぐら》い裏路地。どこからか聞こえてくる車や街の喧噪《けんそう》がやけに遠く聞こえる。世界から孤立したかのようだ。

「あの、誰か？」

黙《だま》っているのが怖くなり、言葉を発する。しかし言葉に応《こた》える人間がいないことが、さらに孤独感を強調する結果となってしまった。唇を噛《か》みしめ、それをじっと耐える。

そのときエンジン音が背後から近づいてきた。車の音だ。振り向けば、一台のバンが近づいてきて、5メートルほど先で停止した。中から降りてきた二人の人間を見て、しかし麻耶《まや》は孤独感から解放されなかった。安堵《あんど》もできなかった。それどころか明確な恐怖が表情に浮かび上がる。

二人の男は顔全体を覆《おお》う奇妙なマスクをつけていた。ホラー映画に出てきそうなグロテスクなマスクの外観は、陽の光の下で見たとしても不愉快な代物《しろもの》だ。目の部分から見える人間の目は妙に生々しく、怖さを助長するだけだ。助けを呼ぼうと口を開けたが、喉《のど》の奥に何かが詰まったようにうまく言葉にならない。

麻耶が叫び出しそうな気配を感じたからか、マスクの男達《たち》は顔を見合わせると、すぐさま襲《おそ》いかかってきた。

逃げようと背中を向けた麻耶の手を、ごつい手がつかむ。

「きゃ……」

今度こそ上がろうとした悲鳴は、寸前に手で塞《ふさ》がれた。

「な、なあ、いいのかこんなことをして」

「しょ、しょうがないだろ。見ろ。どう見ても金持ちの娘だ。身代金《みのしろきん》はたっぷりとれる。いまさら怖《お》じ気《け》づいたのかっ!」

暴れる麻耶を押さえている男は、もう一人の仲間を恫喝《どうかつ》する。

「で、でもよ」

「う、うるせえ！　金がいるんだ。ほら早くこの娘っ子、車に押し込めんぞ」

麻耶は必死に暴れるが体格のいい大柄の男にかなうはずもなく、ずるずるとバンの中に引きずり込まれようとする。もう一人のマスクの男も腹をくくったのか、手伝おうと駆け寄った。

「あの……、誘拐《ゆうかい》はいけないと思います」

言葉の内容に反し、状況をまるで理解していないに違いないと思わせる口調の声が、二人の男の動きを止めた。麻耶もあまりの場違いな口調に暴れるのを一時忘れたほどだ。

「あれ、聞こえなかったかな？　こほん、えーと、誘拐はいけないと思います。法律的にも悪いと思いますし。憲法の何条かは知らないけど」

まるでとんちんかんなことを口にしているのは、麻耶がファーストフード店で会った少年だ。

少年の姿を見た瞬間《しゅんかん》、麻耶の心はなぜか一瞬にして恐怖心から敵愾心《てきがいしん》に切り替わった。

「だ、大丈夫《だいじょうぶ》です。これくらい一人で切り抜けられます」

「そうなの？」

疑問系の口調がさらに気に障《さわ》る。

「でも、やっぱり見過ごせないし」

「誘拐犯AやBごとき、なんとでもなります！」

誘拐犯AとBにされてしまった二人のマスクの男は、顔を見合わせるが少年の存在が邪魔《じゃま》と見たか、

「おい」

と体格のいい誘拐犯《ゆうかいはん》Aが誘拐犯Bに合図を送った。誘拐犯Bは少年を捕まえようと近づいた。しかし少年は驚《おどろ》くほど無頓着《むとんちゃく》に、その様子を眺めていた。

「は、早くお逃げなさい」

麻耶《まや》が慌てて声を張り上げるものの、少年の態度に変化はなし。ぼうっと突っ立ったまま近づいてくる誘拐犯Bを見ている。線の細い誘拐犯Bだが、少年を相手にするには問題ない。ついに手を伸ばせば届く距離《きょり》にまで少年と誘拐犯Bの距離は狭《せば》まった。誘拐犯Bはまったく反応を見せない少年に戸惑いながらも、素速く手を伸ばし捕まえようとした。しかし両手が、空を切る。誘拐犯Bが己の眼前に、1メートル近く跳躍《ちょうやく》した少年がいるのを認識したのは、そのあとだった。

「ごめんなさい」

本当にすまなそうな少年の声を耳にしたのを最後に、顎《あご》に強烈な蹴《け》りの一撃《いちげき》を受けて誘拐犯Bは昏倒《こんとう》した。

「なっ」

誘拐犯Aが驚くより早く少年は走っていた。小さな体が弾丸のように麻耶と誘拐犯Aに迫ったかと思ったのもつかのま、足の裏がマスクのど真ん中に命中していた。

「大丈夫《だいじょうぶ》？　怪我《けが》はない？」

手を差し出す少年を、麻耶はしばらく信じられないという表情で見上げていた。大人を軽くあしらう少年は自分とさほど変わらない子供なのだ。しりもちをついている麻耶は、すぐそばで昏倒している大人でも体格のいい部類に入る誘拐犯Aを見て、再び少年の顔を見た。いつまでも取られることのない手に少年は不安そうな顔をする。

「まさか怪我させちゃった？」

少年ののんびりとした態度はなりを潜《ひそ》め、代わりにうろたえた表情が現れた。

「どうしよう。救急車呼んだ方がいいのかな？」

物事を大げさに捉《とら》えるという点ではあまり人のことを笑えない麻耶だが、このときばかりはくすりと微笑《ほほえ》んでしまう。

「え、あの、ええと？」

どう反応していいか解《わか》らなくなった少年は、さらにうろたえている。それがさらにおかしく麻耶は口に手を当て、笑いをこらえた。

「大丈夫ですわ。助けていただいて、ありがとうございます」

麻耶はにこりと微笑み、手を差し出した。少年は目を白黒させていたが、すぐに麻耶の手を取ると、思いのほか強い力で引っ張って助け起こした。

すぐ目の前にいる少年はほとんど同じ目線の高さだ。それが大の大人二人をあっさり倒すとは、いまだに信じられない気持ちだ。

先ほどまで感じていた奇妙な敵対心は、この少年の持つ、どこか間の抜けたのんびりした雰《ふん》囲気《いき》と、それにまったくそぐわない俊敏さと力強さを兼ね備えた不思議な存在感の前で、すっかりなりをひそめてしまった。

かわりにこの少年をもっと知ってみたいと思った。

――でも、どうやって？

そんな麻耶《まや》の小さなとまどいも知らず、少年はあいかわらずのんびりしている。

「えーっと、誘拐《ゆうかい》されそうになった時ってどうすればいいんだろ？　おまわりさん呼んでくればいいのかな？」

家出中の身である麻耶としては警察には関《かか》わりたくない。麻耶の困った顔を見て、しかし少年は深いことは聞いてこようとはせず、

「じゃあ、このまま逃げちゃおうか？」

と、つないだままの麻耶の手を引っ張った。

ためらいは一瞬《いっしゅん》。初めてできた同年代の友達に、麻耶は花のような笑みをこぼした。

6

「こちらA班。B班、何をしている？　麻耶様に一大事が起こったというのに、何をぼうっと見ている？」

路地裏で起こった一部始終を見ていた真目家《まなめけ》のSPが、通信機に向かって声を荒らげた。誘拐犯は見るからに素人《しろうと》で、計画性のない行き当たりばったりの手合いだったが、真目家の娘という価値を知らないため逆に麻耶に危害が及ぶ危険性が高かった。そうでなくても怪しい連中を事前に止めるのはSPとしての仕事だ。なのにもっとも近い位置にいるはずのB班は、何も動かなかった。

「おい、B班どうした？　応答しろ！」

それどころか通信機の呼びかけにも応《こた》えない。嫌な予感に捕らわれたSPは通信を別の班のチャンネルに切り替えた。

「D班、聞こえるか？　B班の様子がおかしい。様子を見てきてくれ」

『D班、了解し……がっ』

しかしD班との通信は悲鳴とともに途絶えた。

SPの対応は早かった。すぐさま銃を抜くと、辺りを警戒しつつ各班に連絡を試みる。しかし一つとして返事はなかった。

「くそっ！」

真目家《まなめけ》への緊急《きんきゅう》回線を開く。非常事態を知らせなければならない。

「こちら麻耶《まや》様護衛班」

『何かあったのか？』

SPが異常を報告しようとしたとき、いつのまにか背後に人の気配があった。気づいたときには、喉《のど》が締《し》まっていた。十秒を待たずSPは多くの護衛と同じ運命をたどった。

人目のつかないところに、動かなくなったSPが乱暴に放り投げられる。

『何があった？　応答せよ』

なお本部から呼びかけの声のする通信機を、細く節くれ立った指が持ち上げる。

「こちら麻耶様護衛班。すまない、勘違いだったようだ」

その声色はたったいま亡くなったSPと寸分違わないものだった。

『本当に大丈夫《だいじょうぶ》か？』

「はい。現在も問題なく、麻耶様は街を楽しんでおられる。引き続き、護衛任務を続行する」

『了解した。気をつけてくれ。まだ確認中だが、百足《むかで》と呼ばれる殺しを稼業《かぎょう》とする人物が動いていると情報があった。場合によっては麻耶様の気分を害されても、本宅にお戻りいただかなければならない』

「了解した。警戒を強化しよう」

通信を終えると、節くれ立った指が通信機を切る。その手の持ち主は、指と等しく細く、歪《いびつ》な風貌《ふうぼう》をしていた。手足は無理矢理引き延ばしたように細く長い。

「さすが真目家、これほど早く仕事を悟られたのは初めてですよ」

糸のように細い目をさらに細めると、百足と呼ばれる殺し屋は暗闇《くらやみ》に姿を消した。

7

三分も走ると、麻耶の息が上がった。ただ先ほどの誘拐犯《ゆうかいはん》が追ってくる様子はない。まだ気絶しているのかもしれないし、気づいたとしてもどこに逃げたのか解《わか》らないだろう。

「こんなに走ったのは、初めてです」

全身で息をしながら麻耶は少年を見上げる。そこには息一つ乱していない姿があった。

「大丈夫？」

「あ……はい」

不思議なものを見る目を麻耶は少年に向けていた。しばらく見つめていたが、自分の手がまだ少年とつながれたままであることに気づき、慌てて引っ込めた。

「あ、ごめん。その……痛くなかった？」

「い、痛いってなんでですか？」

「だって強く引っ張っちゃったから」

「え、ええ。大丈夫《だいじょうぶ》です」

麻耶《まや》はうつむき、かすれた声で応《こた》える。なぜか少年の顔がまともに見られない。

「あ、ああ、そうだ。名前教えてくれない？」

普段《ふだん》の麻耶なら自分から名乗るのが礼儀《れいぎ》ではないかと言うか、あるいは真目家《まなめけ》の名を不用意に口にするのをためらっただろうが、いまだ動転していた頭ではそこまで気が回らなかった。

「真目麻耶と申します」

その名に、少年の気配が変わった。

「真目麻耶……君が？　え、まさか真目って……」

緩《ゆる》んだ印象のある顔が一瞬《いっしゅん》で驚《おどろ》きに塗り替えられた。さすがに麻耶はそこで、自分の失態を悟る。真目家の名を不用意に出したことを後悔した。緊張《きんちょう》していた美容院でもすらすらと偽名を使えたのに。この少年は、やはり何か麻耶の調子を狂わせるようだ。

「いえ、あの、そんな、よくある名前ですわ。私のことは麻耶と呼んでくださってけっこうです。そ、そう、それに、女性に先に名乗らせるなんて、失礼にも程《ほど》があります。あなたの名前も教えてくださいな」

麻耶は早口にまくし立てる。

「うん、僕は……」

少年のためらいは二秒ばかり続いた。

「僕は坂上闘真《さかがみとうま》。僕のことも闘真って呼んでくれてかまわないよ」

「坂上闘真？　闘真さんですか？」

麻耶は少年――闘真の名を何度か口にする。

「とてもいい響《ひび》きですね。気に入りました」

そう言って微笑《ほほえ》むと、闘真の表情からも硬さが消えていた。

8

なんとなく二人で街を歩いた。

「じゃあ、この街に来るのは初めてなんだ？」

「ええ。何度か車で通ったことはあるんですけど」

「僕も初めてなんだ。ちょっと道に迷っちゃってさ」

「その割には、堂々としてますのね」

「知らない街を歩くのは初めてじゃないから。いまもだいたい駅のほうに向かって歩いてるんじゃないかな？」

「知らないのに、解《わか》りますの？」

「たいしたことじゃないよ。駅の周辺の雰囲気《ふんいき》はどこも似たり寄ったりだから、なんとなくは予測できるし。駅に着けば、なんとでもなるし」

麻耶《まや》は思わず尊敬の眼差《まなざ》しを向けた。自分は右も左も解らずおろおろするばかりだ。恥ずかしいことだが、なぜかそのことを素直に口にすることができた。

「別にいいと思うよ。人には得手不得手があるんだし。それに迷ったら、僕が連れてってあげるよ」

麻耶には驚《おどろ》きの連続だ。少年の優しさの、なんと自然なことか。麻耶の周りにも、優しい人間は大勢いる。しかし真目《まなめ》家《け》の娘という付加価値がつねにつきまとった。それを感じ取れてしまった。真目家という家柄が他人との間に見えない壁を作っていた。それは実の家族、父親や二人の兄に対してもつきまとうものだった。

しかしいま隣《となり》で屈託なく笑っている闘真《とうま》は違った。名乗ったときにあの真目家の人間と気づいたかもしれない。いや、驚いた表情から十中八九気づいているだろう。しかし態度は何も変わらなかった。ファーストフード店の初対面のときと、一緒《いっしょ》だった。

むしろ変わったのは、少年への麻耶の印象だ。知らない街を知らない少年と歩いている。なのに深い安堵《あんど》が胸の奥にある。

「どうしたの？」

じっと見つめる麻耶に、闘真が不思議そうにする。

「え？ あの、いえ……なんでもありませんわ」

しどろもどろに言い訳を探した。探しながら、なぜ自分はこんなにも慌てているのか解らなかった。うまい言葉が見つからず、闘真の背後に見えた塔を言い訳とした。

「あ、あれが何かと思いましたの」

「ああ、あれ。動く展望台とかだっけ？ なんか上の部分はぐるぐる回るらしいよ」

「入ったことありますの？」

「ううん。僕もここには来たばかりだから。パンフレットで見ただけ。入ってみたいなとは思ってたけど」

闘真は麻耶に目線を戻すと問いかけた。

「入ってみる？」

麻耶は勢いよくうなずいた。


「わあ」

展望台からの街の眺めは、真目家の所有する高層ビルやヘリ等の航空機から見る眺めとは何かが違った。何が違うかと問われれば言葉に窮《きゅう》するが、麻耶はともかくいつもと違った心情で街を見下ろしていた。

「初めて見るけど、綺麗《きれい》な夜景だね」

隣《となり》では闘真《とうま》も同じ宝石を並べたような夜景を楽しんでいた。麻耶《まや》はしばらく夜景に魅入《みい》って
いた。闘真は黙《だま》って麻耶を見守っていた。どれくらい時間が経過したか、定時を知らせる鐘《かね》の
音が展望台に鳴り響《ひび》いた。

「ああ、もうこんな時間か」

時計を確認する闘真に、麻耶は不安になった。

「何か約束がありますの？」

「うん、まあね」

「どなたかと会う約束を？」

「うん、親父《おやじ》」

「闘真さんのお父様？」

闘真は手を振って、苦笑する。

「お父様なんてガラじゃないと思うよ。親父でいい」

「待たせていいのですか？」

「いいんじゃないかな？　いつも人を待たせてる立場だし、たまには待つ立場ってのを知るの
もいいと思うよ」

意外と辛辣《しんらつ》な言葉だ。

「私はいつも、お父様の言いなりですわ」

麻耶はため息とともに、ずっと胸に秘めていた心情をはき出した。

「嫌いなの？」

少し考えて首を振る。

「いいえ、尊敬はしてますし、ここまで育ててくれたことには感謝しています。でも、どこか子供を自分の所有物だと考えているフシがあります」

「そ、そうなんだ……」

「ええ。今日も私のところに突然きて、無茶《むちゃ》なことを言いました。私は嫌だったのですが、無《む》碍《げ》にもできません。愛情と相反するものでもなし、というのが難しいところです」

「ふうん、なんで難しいの？　嫌なら嫌って言えばいいのに」

「お父様だって、私のためを思ってしたことですから」

「僕なら嫌だって言うな」

「あなたのお父様……いえ、親父様にもですか？」

麻耶の呼称が面白かったのか、闘真はおかしそうな顔をする。

「別に無理して様なんてつけなくていいよ。今日、会うのだって本当はどうしようか迷ったんだけど、でも何度も頼《たの》みに来るから。親父はともかく、その頼みに来る人に悪いなって思って」

「お父様とうまくいってませんの？」

「どうだろう？　まだ会って一年だし。会った回数だって、両手で数えられるくらいだよ」

「お母様は？」

「……失踪中《しっそうちゅう》。体裁《ていさい》悪いから親父《おやじ》は海外にいるってことにしてるらしいけど」

闘真《とうま》の複雑そうな家庭環境に、麻耶《まや》は言葉をつまらせる。

「ごめんなさい、立ち入ったことを聞いてしまって」

「いいよ別に。人に隠すようなことじゃないし」

なんの陰もなく笑う闘真が眩《まぶ》しく感じられた。家庭環境の複雑さを欠片《かけら》も引きずっていない。少なくとも表面上はそう見えた。

「……私も一度、お父様と対峙《たいじ》しなくてはなりませんね」

「退治？　別にやっつけることはないんじゃないの？」

闘真のとんちんかんな答えに、麻耶は首を傾《かし》げるがすぐに悟ってクスリと笑った。

「対峙とは、鬼退治の退治とは違います。ちゃんと向き合って、闘真さんが言ったように、嫌なことは嫌だと、本心を正直に言ってみるって意味ですわ」

「そ、そうなんだ。僕より年下なのに、難しい言葉をいっぱい知っててすごいね」

「難しい言葉を知っていたって、心が伝わらなくては意味がありません。相手を騙《だま》したり嘘《うそ》をつくときには便利かもしれませんけれど」

そう言ってから麻耶は本当に、自分の持っている年不相応の知識が、なんのためにあるのかを悟り悲しくなった。同時に、この隣《となり》の純朴な少年が、この短い間にどれだけ自分に勇気を与えてくれたかも悟った。

「そんなことないよ。言葉はいっぱい知ってたほうがいいよ。僕なんて頭悪いから、あんまり上手《うま》く言えなくて、思ったことも言えなくて友達を怒らせちゃったりすることもあるし」

少年の精一杯の思いやりの言葉に麻耶の顔に自然と微笑が生まれる。

「ありがとう。だから、私もお父様には、あなたのように素直に本心を言ってみます」

「うん、たぶん大丈夫《だいじょうぶ》。話せば解《わか》ってくれるよ。それに、たぶん、たぶんだけど、麻耶の親父……じゃなくてお父さんは、遠慮《えんりょ》するより本心をはっきり言ったほうがいいんじゃないかな」

麻耶はじっと闘真を見上げた。

「不思議です。あなたといると心のもやもやが、すっと晴れていきます」

見つめられて照れたのか、闘真はしきりに頭を掻《か》く。その素朴な仕草が好ましかった。しかしそれもつかのまの時間だ。闘真の表情がふいに険しくなった。

「ねえ麻耶、さっきからずっとずっとつけてる人達《たち》がいるんだけど、心当たりある？」

「え、ええと、はい」

真目《まなめ》家《け》のＳＰだろう。やはり簡単にまけるような相手ではなかった。

「麻耶を追ってるの？」

「た、たぶん」

「さっきの誘拐犯《ゆうかいはん》の仲間かな？」

それは違うと思ったが、口にはしない。

「逃げよう」

返事を待たず、闘真《とうま》は麻耶《まや》の手を引っ張った。そのまま走り、閉まろうとしているエレベーターのドアの間に滑り込んだ。

9

「くそっ！」

閉まったエレベーターを前にして、護衛のＳＰは悪態をつく。しかしすぐに下に待ちかまえている仲間に連絡を取り、自分は非常階段から下に向かった。

人気のない非常階段を三段とばしで降りていく。充分に鍛《きた》えられた体は、もう何十メートルも降りているにもかかわらずスピードはいっこうに衰えなかった。

「張り切ってるな」

唐突に、真後ろから声がした。

「なっ……ばかな」

非常階段は狭く音も反響《はんきょう》する。SPのスピードについて同じように降りようとすれば、どうしても足音が響《ひび》く。気配が強くなる。しかしそれらはいっさいなかった。

首に何かが巻き付いた。気づいたと同時にSPの意識は途切れた。

10

「あっ」

麻耶が物陰に隠れると同時に、数人の男がこちらにやって来る。男達《たち》の視界を遮《さえぎ》るように、少年の背中が麻耶の目の前に来た。息を潜《ひそ》めていると、何事もなく男達は少年と麻耶の前を過ぎ去る。

「知ってる人？」

男達の姿が充分に遠くなってから、少年は麻耶に問うた。のんびりとした優しい声は、鼓動の激しさを沈めてくれた。

「え、ええ」

曖昧《あいまい》な返事をする。彼等《かれら》は真目家《まなめけ》の人間だ。特有の臭《にお》いがある。しかしそれを少年に伝えるかどうか迷った。あまり隠していては、少年に迷惑がかかる。

それに何事もなく麻耶のそばを素通りしたのも気になった。運良く見つからなかったと楽観視するほど、麻耶《まや》は真目家《まなめけ》を甘くは見ていなかった。見つけていないふりを装《よそお》って、包囲網《ほういもう》を固めてから捕まえにくる可能性は充分にあった。いや、その可能性のほうが高い。

「なんかよく解《わか》らないけど、大丈夫《だいじょうぶ》だよ。もう行ったから」

少年の言葉にしかし麻耶は安心することなく、視線を泳がせた。思考がいま一つうまくまとまらない。心配そうに覗《のぞ》き込む少年の顔も、なぜか集中力の妨《さまた》げになった。

SPはまだうろうろしているだろう。見つかれば少年との時間が終わってしまう。それだけは嫌だった。しかしこれ以上SPに見つからずに、移動できる手段などあるだろうか。

「無理ですわ……」

真目家のSPの優秀さを知っている麻耶は首を振る。しかし見覚えのある車を見かけたとき、一筋の光が見えた。

「あれですわっ！」

それは麻耶を誘拐《ゆうかい》しようとした誘拐犯の車だった。

はたして十分後、麻耶は車上の人となった。前の座席には当惑の表情の誘拐犯二人が座り、車を運転している。少年の隣《となり》には麻耶が当然のように座っていた。

「なんて素晴らしいタイミングでしょう。私は運がいいですわ。こんなときに誘拐犯が通りかかるなんて」

朗《ほが》らかな麻耶とは対照的に、

「なあ、なんでこんなことになったんだ？」

誘拐犯A、体格のいいしかしマスクを脱ぐと意外と人の良さそうな男が、助手席に座っている誘拐犯B、というよりは、試験管を片手に研究室で実験している学者風の若者に困ったように話しかけた。

「さあ？」

誘拐犯Bは後ろを振り返り、物怖《ものお》じせず座っている子供二人を見て力なく首を振る。

「あら、あなた方は誘拐、営利目的の誘拐をたくらんでいたのではありませんの？」

「そ、そうだけどよ、でもよ……」

と何か言いかける誘拐犯Aを制して麻耶は言葉を続ける。

「私は家出中の身。逃げる足と隠れる場所が欲しいのです。利害は一致していますわ」

「本当に大丈夫？」

闘真《とうま》が小声で麻耶に問うと、

「大丈夫ですわ。こう見えても私、人を見る目はあるつもりですの。彼等《かれら》は基本的に善人です」

自信たっぷりの声で答え、

「なにより大それたことができる人達《たち》に見えませんせん」

かなり失礼な言葉で締《し》めくくった。

「それで誘拐犯《ゆうかいはん》のアジトには、どれくらいで到着しますの？」

麻耶《まや》は好奇心いっぱいの目で、大人二人に問う。最初に誘拐犯と接触したときとは大違いの態度だ。もともと好奇心は強いほうだが、隣《となり》にいる少年がいつのまにか大きな存在となっていて、麻耶に安堵《あんど》をもたらしている結果だった。

「アジトって……お嬢《じょう》ちゃん、あのなあ」

しかし目を輝《かがや》かせている麻耶に何を言っても無駄《むだ》だと悟ったか、

「いや、いい。いま向かってるのは港だ」

と誘拐犯は素直に答えるしかなかった。

肩を落としてハンドルを握る姿は、なかばやけくそのようにも見えた。


三十分も車を走らせると、人気の少ない港にたどり着く。さらに奥へ進むと、人の気配は皆無と言って良かった。

「まあ」

麻耶はまるで遊園地に初めて来た子供のように、ますます目を輝かせた。

「これが噂《うわさ》に聞く、誘拐犯が立てこもる倉庫ですのね？」

人気のない埠頭《ふとう》の一番奥にある使われていなさそうな倉庫。埃《ほこり》のかぶった荷があちこちに積まれている。

「お、おうよ。悪いがしばらく、あんた達《たち》をここに監禁するからな」

誘拐犯Aは苦い顔をして言うが、

「悪いなんて思わなくて結構ですわ。子供二人ではすぐに家のものに見つかってしまいます。あなた方の行き当たりばったりの犯行計画のおかげで、とっさの逃走用の足も当座の隠れ家も手に入れることができました」

麻耶の瞳《ひとみ》の輝きは増すばかりだ。その横では連れの少年が困ったように所在無げに立っている。

「ぼろぼろの倉庫。まさにうってつけのシチュエーションですわ」

「ぼろで悪かったな。この倉庫も中の荷も全部、俺《おれ》の会社のものだ。もっとも、ほとんど不良在庫でゴミ同然だけどよ」

「まあ、事業に失敗したのですね。それが誘拐の動機ですの？　あまりに安直ですわね」

「容赦《ようしゃ》ないなあ」

麻耶の横で闘真《とうま》はぼそりとつぶやく。

「その通りです」

誘拐犯Bは否定する気力も怒る気力もないのか、麻耶の言葉を肯定した。

「いえいえ、お気になさらないで。それで肝心の身代金《みのしろきん》はどのくらい要求いたしますの？」

誘拐犯《ゆうかいはん》二人は顔を見合わせて、しばらく言いよどむ。

「……一千万くらいかな？　借金の半分は返せるから」

消極的なことを口にする誘拐犯B。態度のでかい誘拐犯Aも、それにうなずいた。

「ああ、それくらいだろう」

「残りは自分達《たち》で返さないとね」

「おお」

固くなりかけた誘拐犯二人の結束を、無粋《ぶすい》に中断したのはテーブルを叩《たた》く小さな手だ。そこには眉《まゆ》をつり上げた少女の顔があった。

「ひとつ、確かめておきますけれど、身代金とは命の対価のことですわよね？」

「あ、ああ」

言いしれぬ迫力に誘拐犯二人は思わず体を引いた。

「私の命の値段は、その程度だと？　たかだか一千万？　真目家《まなめけ》の一人娘の身代金が一千万？　なんの冗談ですの？　世界の情報網《じょうほうもう》を掌握《しょうあく》する家系の一人が、その程度の価値しかないと？　それとも子供だからといって価値がないとお思いなのかしら？」

「ま、真目家？　お嬢《じょう》ちゃん、いま真目家って言ったか？」

「ええ、真目家の一人娘、真目麻耶《まや》ですわ！」

「な、な、なんだって？　ちょっ、お、お嬢ちゃん、先にそれを言ってくれよ！」

「ほ、ほ、ほんとにいいい？」

「ま、真目家の一人娘をさらったりしたら、俺達《おれ》全員死刑じゃねえか！」

「どどどどうしましょぉおお」

慌てふためく誘拐犯達を、麻耶はすっくと立ち上がると、腕を組んで上から睨《にら》みつけた。

「成功させればよいことです！　捕まらなければ刑に処されることもありませんわ！」

青ざめ取り乱し震《ふる》え上がる誘拐犯に、仁王立《におうだ》ちになった麻耶は、ビシっと人差し指を指す。

「とにかく、身代金が一千万ではあまりにもリアリティがなさすぎます。ですからあなた達もそれにふさわしい額を要求なさい！」

誘拐犯二人はあらためてとんでもない人間を誘拐したことを後悔する。小さな体に真目家のプライドが大きく収まっている。

「あなた達も男なら覚悟を決めなさいな」

麻耶のいいしれぬ迫力に負け、

「そ、そうだよな。もっとばーんとぶんどろうぜ」

「そ、そうだね。ばーんと」

無理矢理盛り上がる誘拐犯の横で少年は、

「いいのかなあ？」

と一人傍観していた。

「よし、じゃあ思い切って……いっ、一千五百万でどうだ」

誘拐犯《ゆうかいはん》Aの言葉に麻耶《まや》の眉《まゆ》がさらにつり上がった。

「じゃ、じゃあ二千万。借金全部返せちゃうよ」

弱気なBの言葉にテーブルが叩《たた》かれた。

「三千……万？」

両手でテーブルを思いきり叩くと、その勢いに任せ麻耶は立ち上がる。びくつく誘拐犯をよそに、隣《となり》では、よく椅子《いす》が倒れなかったなと少年は奇妙なことに感心していた。

「お話になりません」

麻耶の怒りの矛先は、別のところに向けられた。

「そこの傍観しているあなた」

「え、なに？」

突然話題を振られた闘真《とうま》は驚《おどろ》く。

「あなたなら身代金《みのしろきん》は、どれくらいがふさわしいと思います？」

「え、なんで僕に？」

「ここにいる二人では頼《たよ》りにならないからです」

頼りないと評された二人は、体を縮めていた。

「じゃ、じゃあ……一億くらいかな？」

闘真の返答に麻耶はため息をついた。三人を睥睨《へいげい》し、どいつもこいつもという顔をしたあと、両手を前に突き出し、指を全部立てた。

「少なく見積もっても、これくらいです」

「じゅ、十億！」

卒倒しそうになる誘拐犯二人を麻耶は冷ややかな目で見下ろしている。

「当然ですわ。これでも少ないくらいです。これ以上でなければ、手を打ちません」

いったいなんの手を打つのかと三人とも疑問に思うが、麻耶は睨《にら》みつけて反論を許さない。

「だ、だいたい十億なんて金、どうやって運ぶんだよ。ジュラルミンのケースでぇーと……」

うろたえる誘拐犯Aに麻耶は腕を組んで言い放つ。

「何を時代錯誤《さくご》なことをおっしゃいますの？　いまどき現金の受け渡しを犯人グループ自らやるような誘拐なんてありませんわ。インターネットがこれだけ普及した今、足がつかないお金の流通ルートなんていくらでもあります。さすがに十億ともなれば簡単ではありませんが、私でも何十通りかは知っていましてよ。そこは仕方ありません、私がやってさしあげますから、あなた達《たち》は早く電話をかけてくるのです！」

もはや何が何やら、どちらが犯罪者なのか解《わか》らない状態に、しばらく誘拐犯達はためらっていたが、ようやくうなずいた。否《いな》、うなずかされた。

「わ、解《わか》った。十億な」

「なあ、いいのか、そんなに取っちゃって？」

「馬鹿野郎《ばかやろう》。十億ごときバーンっと取れないでどうする？」

明らかに虚勢を張る誘拐犯《ゆうかいはん》Aの態度が気に入らなかったのか、

「百億にしましょう」

有無を言わせない声で、麻耶《まや》が断言した。


「じゃあ連絡してくるぜ。ここに電話すればいいんだな？」

「ええ、真目家《まなめけ》の緊急《きんきゅう》回線の電話番号です。一般には知られていません。その番号にかけただけで、誘拐の信憑性《しんぴょうせい》は高くなるでしょう」

「解った。じゃあ、お嬢《じょう》ちゃんの言うとおり、ひゃ、ひゃ、ひゃく、ひゃく」

「なに笑ってるの？」

少年の問いかけを無視して、というよりは聞こえなくて誘拐犯Aはなんとか最後まで言葉を綴《つづ》る。

「百億円を要求するからな！」

勇ましく言ったつもりの誘拐犯Aだが、語尾は震《ふる》えていた。

「今あなたなんとおっしゃいました?」

麻耶の眉《まゆ》はこれまでにないほど、つり上がっていた。

「だから、お嬢ちゃんの言うとおり百億円って」

「私がいつ、百億円って言いましたか!」

「え、さっき……」

話が嚙《か》み合わない。やっぱり高すぎたんだろうか。しかし言い出したのお嬢ちゃんだし。そんな会話を表情だけでやりとりする三人。

怒りを通り越して、卒倒しそうなほど麻耶はふらふらするが、テーブルにつかまりなんとか体勢を立て直す。

「そんなに安く見られていたなんて……。まさか単位が円だとは思いませんでした」

「は……?」

何が言いたいのかよく解らない誘拐犯二人と少年一人は、麻耶の次の言葉を待った。

「百億円ではありません。私が言ったのは、ドル、百億ドルです。ドルになれていないあなたがたにあわせて表現するなら、およそ一兆円です!」

三人は卒倒するしかなかった。

11

真目不坐《まなめふざ》のところに誘拐《ゆうかい》の知らせが届いたのは、麻耶《まや》の護衛が何者かによって全滅したと判明してから二時間後。真目家の情報網《じょうほうもう》を駆使し麻耶の行方を追っていたが、いまだ見つからない矢先のことだった。

誘拐犯の身代金《みのしろきん》の要求額は百億ドル。法外な金額だが、真目家の一人娘ともなれば妥当であった。

「相手は麻耶様のSPを苦もなく全滅させた手だれです。用意周到な手際《てぎわ》のよさ、百億ドルの要求もうなずけます」

十代半ばの麗人《れいじん》は真目家の現当主を前にしても臆《おく》することなく流暢《りゅうちょう》に報告をする。

「百億ドルか。ふうん」

不坐は犯人の要求に、興味なさそうに頭を掻《か》いている。

「で、どうするんだ？　おめえにまかせるには、少し早すぎるって声もあるんだがよ。できんのか？」

「おまかせください」

少年にも少女にも見える麗人の、直立不動に揺るぎはなかった。

性別不詳の麗人──怜《れい》は一礼をすると、まだ十代半ばとは思えない軽やかな身のこなしで、不坐の前から去った。

12

「で、で、電話してきたぞ。ひ、ひ、ひゃ、百億ドルと引き替えだだだって」

蒼白《そうはく》な顔で誘拐犯Bが帰ってきた。

「ほ、本当にこの電話だと、逆探知できないのか？　公衆電話のほうが足はつかないんじゃないか？」

麻耶に携帯電話を返す手が震《ふる》えている。

「大丈夫《だいじょうぶ》ですわ。その携帯電話は真目家の特注品です。それこそ公衆電話のほうが危険です。逆探知なんてものの数秒でできます。電話会社がすべての回線を管理してるんですから。正式な手順を踏《ふ》めば簡単なんです。映画やドラマで電話の時間を引き延ばすのは、逆探知ではなく犯人の足を止めるためにあるのです。それが本来の目的です」

「はあ、そうなのか？　ま、真目家って本当にすごいんだな」

得意げに話す麻耶に誘拐犯二人は、感心した様子だ。

「ところで、この倉庫にある荷物の具体的な内容はどんなものですの？」

倉庫の中にはいくつものコンテナがあり、それが壁となって通路を作っていた。

「不渡りでにっちもさっちもいかなくなった商品の山さ。いまや二束三文にもなりゃしねえ」

「会社はつぶれて、残ったのはこの商品の山と借金だけでさあ」

「それで誘拐《ゆうかい》を企《くわだ》てたのですわね」

浅慮《せんりょ》ではあると思う。しかし追い詰められた表情を何度か見た麻耶《まや》はそう断ずることができない。吹けば飛ぶような会社なのだろう。そしてそういう会社は真目家《まなめけ》系列の企業傘下《さんか》にも無数にあるに違いない。

「しかたねえだろ。娘が来年には進学するんだ。金が必要なんだよ」

「おいくつなのですか？」

「十一歳になったばかりだ」

「まあ、私と同じ歳《とし》ですわ」

「そ、そうかい。そりゃ……すまねえなあ。お嬢《じょう》ちゃんには、すまねえことしたなあ」

「なにがです？」

「こんなことに巻き込んじまって」

「お詫《わ》びを言うのは筋違いです。むしろ巻き込んでしまったのは私のほうですもの。言いましたでしょ？　私は家出してきたのですから」

「そういえばよう、なんだってお嬢ちゃんは家出なんてしたんだい？」

「あ、それは……」

言葉につまる麻耶を慮《おもんぱか》ってか、それまで言葉少なだった誘拐犯Bが話に入ってきた。

「まあ、このくらいの歳の頃《ころ》は、いろいろ難しいんじゃないですか？　俺《おれ》もちょうどこれくらいの時が最初の反抗期だった気がしますよ。ところで、お嬢ちゃんの横の彼氏はボーイフレンドかい？」

「えっ」

いきなり話をふられた闘真《とうま》は、予想外の質問に顔を赤くして、両手を振り、

「ち、違います、あの、その偶然というか……」

と、しどろもどろだ。

麻耶はどうしてかその言葉に一抹《いちまつ》の寂しさを覚えたが、

「ええ、彼はただ私を助けようとしてくださっただけで……」

「だって、麻耶は女の子だし、友達を放っておけないから」

闘真の友達という言葉に、なぜか寂しさは一瞬《いっしゅん》で吹き飛んでしまった。

「いやー、それにしても兄ちゃんは強いなあ」

「何か武道でも、やっているのかい？」

「こんなナイトがいたら、お嬢ちゃんも安心だな」

「え、その、あの」

闘真《とうま》は顔を真っ赤にして、さらにしどろもどろだ。その様子を見ていて、なぜだか麻耶《まや》はとても嬉《うれ》しくなった。

「お、そうだ。写真見るかい？」

誘拐犯《ゆうかいはん》Aがことさら明るい声で、懐《ふところ》から定期入れを出した。

麻耶はコンテナの上からぴょこんと飛び降り、闘真と一緒《いっしょ》に誘拐犯Aの差し出した写真を見る。

そこにはキャラクターの耳をあしらった帽子をかぶった可愛《かわい》らしい小学生の少女が映っていた。遊園地にきたのが嬉しいのか、後ろのお城を指差し元気良く笑っていた。

「俺《おれ》に似ないで頭いいんだ。いい学校に行かせてやりてぇよ。好きなピアノも続けさせてやれねえなんて情けねえ」

「目に入れても痛くないお嬢《じょう》さんですもんね」

若いほうの誘拐犯がからかう。

「いい加減子離《こばな》れして欲しいって、この前会ったとき言ってましたよ」

「おい、こらっ、ちょっと待て。いつ娘と会ったんだ？」

「あ、いや、この前ちょっと偶然会ったんですけど？」

「言っておくがな、おめえに娘をやるつもりはねえ」

「俺のこといくつだと思ってるんですか？　ロリコンじゃないですよ」

「そういう問題じゃない！　おめえだけじゃねえ。娘は誰《だれ》にもやらん」

「それで娘さんが五十歳になったらどうするんですか」

呆《あき》れて肩をすくめる誘拐犯Bと、ふんと鼻息の荒い誘拐犯A。ハタで見ていた闘真は思わずくすりと笑った。が、麻耶は違う思いを抱いたか、不思議そうに質問してきた。

「娘さんを結婚させたくないのですか？　独身が悪いとは思いませんけれど、一般的には好きな人が出来たら結婚するのが幸せなのではないですか？」

やりこめられてばかりいた誘拐犯Bは、麻耶の年相応の少女らしい質問に顔を綻《ほころ》ばせながら答えてくれた。

「もちろんいつかはいい男を見つけて幸せになってほしい、けどいつまでもかわいい娘のままで自分のもとにもいて欲しい、そんな矛盾したバカなもんなんだよ、娘を持つ父親なんて」

おい、俺はバカじゃねえぞ、とAが怒り、何言ってるんですか親バカの塊ですよというBの会話を聞きながら、

「なんとなく解《わか》りました」

と麻耶は幾度かうなずく。そしてふと悲しげに目を伏せ、つぶやいた。

「……うらやましいですわ、そんなに愛されて、大切にされているお嬢さんが」

「そうか？　あんただって大事にされてるだろう？　なんたって百億ドルも身代金《みのしろきん》を払ってくれるんだ」

「そう、そうですわね。私には百億ドルの価値があります。だって真目家《まなめけ》の娘ですもの」

そう言って麻耶《まや》は寂しげに笑う。

「真目家という血は、それだけの価値がありますから。私の家柄を求めて、婚約者も引く手あまたですわ。どなたもすばらしい家柄で優秀でハンサムな方ばかり。この歳《とし》でもう、政略結婚を父親から勧められているような娘です。きっと世界中の誰《だれ》より大事にされているんでしょうね」

自暴自棄《じぼうじき》な喋《しゃべ》り方だった。今までの勝気な中にもどこかお嬢様然《じょうさまぜん》とした育ちのよさからくる、おっとりした部分は姿を消し、かわりに自虐的《じぎゃくてき》な響《ひび》きが生まれ、麻耶は知らずうつむき、唇を噛《か》み締《し》めていた。

「あんたの歳で政略結婚だって？　そりゃひどすぎる」

「なんか……、お金持ちって大変そうだとは思っていましたけど、十一歳で政略結婚かあ」

「俺《おれ》なら、あんたみたいな可愛《かわい》い娘がいたら、絶対誰にもどこにもやらないけどな」

「でもですよ、これで家出の末に誘拐《ゆうかい》されたってなれば、きっとお嬢ちゃんの親も解《わか》ってくれるんじゃないですかね？」

誘拐犯二人の必死の言葉に、麻耶は慌てて顔を上げ、微笑《ほほえ》んで見せた。

「ありがとうございます。でも私は大丈夫《だいじょうぶ》です。それはいいんです。物心ついたときから覚悟はできていますから。けれど、いま私が、それ以上につらいのは、いいえ、許せないのは……」

麻耶の言葉は徐々に怒気をはらむ。

「何よりも許せないのは、腹違いの兄がいたことです。しかも私と一歳違いだとか。お母様がお亡くなりになってからならまだしも……。私は……私は、絶対その兄の存在を許せません！」

麻耶の憤懣《ふんまん》ぶりに誘拐犯二人は気圧《けお》されて、あとずさりする。

「ま、まあまあ、男にはいろいろあるんだよ」

「そうそう、それほどの金持ちともなれば愛人の一人や二人……、まあ、お嬢ちゃんに解れっていうのも酷《こく》かもしれないけど」

なんとかなだめようとするが、麻耶のつり上がった眉《まゆ》が戻ることはなかった。

「いいえ、これだけは許せませんわ。なにがあっても絶対に許しませんわ。……あら、ご気分がすぐれませんの？」

闘真《とうま》の引きつった表情を見て、麻耶は首を傾《かし》げる。

「い、い、いや、なんでもないよ。うん、なんでもない」

冷や汗をだらだらながし、目は泳いでいた。

「とてもそのようには見えませんわ」

「な、なんでもないよ。ちょっと周り見てくる」

闘真は不自然なくらいそそくさと、その場を離《はな》れた。

それからしばらく闘真《とうま》は戻ってこなかった。その間麻耶《まや》は誘拐犯《ゆうかいはん》の娘自慢をずっと聞いていた。若い誘拐犯は何度も聞かされているのかうんざりとした顔をしているが、麻耶は熱心に聞き入っていた。

「それにしても遅いですわね」

麻耶はなかなか戻ってこない闘真が気になった。もしかしていつのまにか帰ってしまったのだろうか。たとえそうであってもしかたない。約束もあると言っていたし、もともと彼は無関係な人間だ。しかしそれでは整理のつかない感情が、麻耶の心をかき乱した。

「ねえ、車が何台かあるよ」

不安な心の中に戻ってきた少年の声が滑り込んできた。

「みんな黒塗りで、なんか怪しい」

いつのまにか窓から外の様子をうかがっていた闘真は、麻耶の心情を知ってか知らずかのんびりとした声で報告する。

「まさかSPがもう居所をつかんだのかしら?」

麻耶は急いで窓から外を見る。スモークガラスの黒塗りの車を見ると表情が見る見る強張《こわば》った。

「真日家《まなめけ》の護衛の車です。もう居場所を突き止めるなんて」

「やっぱりそうなんだ。でもちょっとおかしいんだ」

「おかしい？」

「うん、さっきから誰《だれ》も降りてこないし、周囲に人もいない。それと建物の陰だけど見える？」

闘真が指差した方向に目を凝《こ》らした麻耶は、思わず息を吞《の》んだ。

「足、ですか？」

建物の陰に見えたのは、地面に横たわっている足だった。膝《ひざ》より上は建物に隠れて完全に見えない。足はぴくりとも動かなかった。

「死んでますの？」

「解《わか》らない。気を失ってるだけかも」

二人が固唾《かたず》を吞んで見守っていると、足がわずかに動いた。

「生きて……」

ほっとした麻耶の声は途中で途切れる。足は横になったままずるずると引きずられて建物の陰のほうに消えていく。

「誰かが引っ張ってる？」

遠く離《はな》れているはずなのに、足を引きずる音が聞こえてきそうだった。麻耶の奥歯は知らないうちに震《ふる》えて鳴っていた。

「ご、護衛が何者かに倒された？」

その事実が示すのは一つしかない。何者か解《わか》らないが、狙《ねら》いは自分なのだ。急いで携帯電話を取り出した。

「……え？　まさか、通じないなんて」

青ざめた顔で何度も操作するが、携帯電話から発信音は聞こえてこなかった。

足が消えた物陰から長身の男が姿を現した。特徴のない覚えにくい顔をしていた。両手はズボンのポケットに入れている。しかしそのわりには肘《ひじ》の曲がりが深い。ほぼ直角だ。腕が異様に長いのだ。伸ばせば膝《ひざ》に届くだろう。

男は特徴のない顔でにたりと笑った。

13

「状況を説明いたしますと」

麻耶《まや》は闘真《とうま》と誘拐犯《ゆうかいはん》二人を神妙な顔つきで見た。

「真目家《まなめけ》の護衛がこの隠れ家を突き止めました。あるいはまいたつもりで、尾行されていたのかもしれませんわ」

どの道この狂言誘拐は失敗だ。麻耶は唇を噛《か》む。自分のくだらない意地のために、三人の無関係な人を巻き込んでしまった。

誘拐犯二人は不安そうに顔を見合わせる。しかし闘真は最初に会ったときとあまり印象は変わらなかった。いままで時折するどい表情こそ見せたが、基本のんびりとした少年なのだ。いまはその変わらなさが、麻耶の大きな心の支えとなっていた。

「しかし護衛の人間は倒されました。相手はおそらくは一人、かなりの手練《てだれ》であると思われます。私の命を狙ってるのですわ。私は真目家の人間、命を狙う人間は少なくありません」

見かけたのは腕の長い男ただ一人。仲間がいるという可能性を麻耶は切り捨てた。あの男からにじみ出る異様な気配は、仲間と行動するように思えなかった。

麻耶は闘真と誘拐犯に頭を下げた。

「巻き込んでしまって申し訳ありませんでした。私が一人で出ていけば、あなた達《たち》に危害が及ぶことはないでしょう」

それが麻耶の出した結論だった。

誘拐犯二人は裏口から消えた。それでも麻耶を置いていけないという二人に、あなた方にもし何かあったら、娘さんは、ご家族はどうなるのですかと言って、麻耶は説き伏せ二人を倉庫から出した。

麻耶《まや》はあえて窓から姿をさらすことで、二人が逃げる時間をかせぐ。窓をはさみ、数十メートル向こうの外には、腕の長い男がいる。麻耶が逃げるそぶりを見せない限りは、ある程度時間かせぎになるだろう。それでものんびりと待っているはずもなく、一歩また一歩と近づいてくる。うつむいた顔は影になり薄暗《うすぐら》いが、眼光だけは白く強く下からねめつけてくる。

「あなたも早く、行ってください」

いまだ後ろで残っている闘真《とうま》へ振り返らずに、麻耶は硬い声を出す。

「あの男は、あの誘拐犯《ゆうかいはん》二人とは違います。殺しのプロです。なんらかの武術の心得はあるようですけれど、それでも子供のあなたがかなう相手ではありません」

「……うん」

闘真の返事は少し震《ふる》えている。麻耶の言っていることが正しいと理解しているからだ。背後から聞こえる足音が小さくなる。遠ざかっていく。

「あ……」

麻耶は思わず振り向いた。振り向いて少年の小さくなっていく背中を見た。

「ありが……」

ありがとうと言いそうになった。最後まで残っていてくれてありがとう、誘拐犯から助けてくれてありがとう、街を案内してくれてありがとう。そして私を普通の少女として接してくれてありがとう。

麻耶はすべてのありがとうを呑《の》み込む。言ってしまっては闘真の気持ちをここへ残してしまう。ありがとうという言葉が呪詛《じゅそ》になる。

だから沈黙《ちんもく》した。真目家《まなめけ》の人間は孤独なのだ。いまさらながら兄の北斗《ほくと》の言葉がよみがえる。

扉が閉まる音がした。世界は静まり返った。物音一つなかった。

スカートのすそを握り締め麻耶は孤《こ》独に耐える。逃げ出したくなる。しかし逃げることは許されない。いまなら逃げられる猶予《ゆうよ》もある。しかし万が一うまく逃げてしまっては、闘真と誘拐犯二人に危害がおよぶ可能性がある。だから逃げられない。逃げてはいけない。

一人になってからどれだけ時間が過ぎただろう。

さびた音を立てながら倉庫の扉が開いた。まさか闘真が戻ってきたのだろうか。もしかしたら誘拐犯二人がきてくれたのだろうか。真目家の護衛かもしれない。

しかしそんな期待は、あまりにも都合がよすぎると自分でも解《わか》っていた。

「やだねえ、いやだいやだ。子供を殺す依頼《いらい》が一番堪《こた》えるよ」

穏《おだ》やかな口調で扉の前に立っていたのは腕の長い男、百足《むかで》と呼ばれる殺し屋だった。

14

「ああ、いやだいやだ、いやだねえ」

緩《ゆる》やかな口調に含まれる悲哀は、本当にそう思っていることの現れだろう。コツコツと足音が近づいてくる。

「さっさと終わらせてしまおう、こんな仕事」

ズボンのポケットから手を出した。だらりと垂れ下がった拳《こぶし》の先は膝《ひざ》より下、節くれだった拳はまるでハンマーのように硬そうに見えた。

軽く腕が持ち上がったかと思うと拳の先が消失し、通路脇《わき》にあるコンテナの壁面が轟音《ごうおん》をたてて陥没した。

「うそ……」

麻耶《まや》の動体視力では拳の残像すら見えなかった。見えたのは拳で殴《なぐ》られてへこんだコンテナという結果だけだ。

両腕をゆらゆらと揺らしながら、百足《むかで》は歩み寄ってきた。逃げようと思っても足は動かなかった。奥歯がかみ合わない。恐怖心が麻耶の動きを縛《しば》った。

男の大きな影が麻耶に落ちる。見上げれば薄闇《うすやみ》でかげった顔があり、瞳孔《どうこう》の小さなぎらついた目と、歪《ゆが》んだ唇の隙間《すきま》から見える白い歯が網膜《もうまく》に焼きついた。

「いやだねぇ」

拳が振り上げられる。コンテナを歪ませるほどの腕力、麻耶の小さな頭などあっさりつぶれてしまうだろう。唯一の救いは打撃《だげき》でありながら、そう苦しまずに死ねることか。麻耶は見上げたまま拳を瞬《まばた》き一つせず凝視《ぎょうし》する。目の前の死から目を離《はな》すことができない。

振り上げた拳の向こうには倉庫の天井《てんじょう》が見えた。そこに異物が混じる。

――なにかしら？

恐怖の中で麻耶はなぜか視界に紛れ込んだ異物が気になった。異物は見る見る拡大する。天井から落下してくる。

「うおおおっ！」

さらに今日会ったばかりの少年の、坂上闘真《さかがみとうま》の叫び声が重なった。異物は見る間に大きくなり、それが少年の姿だと解《わか》った。手には鈍く光る小刀が一本。真下にいるのは、腕の長い男。

落下の勢いと全体重を乗せた小刀の一撃が、百足の頭上に放たれた。百足は逃げる様子も見せなかった。そんな時間すら許さない奇襲《きしゅう》だった。

「やりましたわっ！」

少年の体が男に激突する。刀が深く突き刺さる。わずか数瞬《すうしゅん》の出来事、麻耶にはそう見えた。

しかし現実は違った。

「いやだ、いやだねえ」

百足は悲しげにかぶりをふり、頭上に拳をかざしていた。拳の指と指の間に小刀の刃が挟まっていた。小刀の上にはだらりと力なく垂れた闘真の体。柄《つか》を握る手がかろうじて落下からまぬがれている。

腕一本で、否《いな》、指二本で高く落下した少年の体を受け止めた。その事実を麻耶《まや》は認めることができなかった。常識という枷《かせ》が、思考を袋小路に追いやった。

「……う、嘘《うそ》でしょう?」

百足《むかで》は腕を大きく振り、指に挟んだ小刀ごと闘真《とうま》を壁に投げた。床と水平に飛んだ闘真の体は、コンテナに激突し床に落ち、動かなくなった。

「あ、ああ……あああああああっ!」

動かなくなった少年を見て麻耶はわけが解《わか》らなくなった。恐怖と怒りと悲しみと、ありとあらゆる感情がせめぎあい、渦巻き、気づいたときには百足に殴《なぐ》りかかっていた。

しかしわずか十一歳の少女、殴るというより拳《こぶし》で叩《たた》いていると言ったほうが近い。何度も百足を叩くが、叩いた手のほうが痛くなる。百足はまるで微動だにせず、瞳《ひとみ》の小さな目で麻耶を見下ろしていた。硬い拳が振り上げられる。

「一日に二人も子供を殺すなんて、いやだねえ。いやだいやだ」

百足の目に何かがふりかかった。慌てて目をかばうが遅かった。土が目に入り、視界を奪う。

「いまのうち、早く」

麻耶が呆然《ぼうぜん》としていると、強く手を引くものがいた。闘真だ。麻耶は闘真に引っ張られるまま走っていく。そのままコンテナの物陰に隠れた。隠れると闘真は苦しそうにうめき、壁に寄りかかる。

「だ、大丈夫《だいじょうぶ》ですか？」

麻耶が心配そうにすると、闘真はとても大丈夫そうでない青ざめた表情で大丈夫と答えた。

「ど、どうしてここまで？　あなたに万が一のことがあったら私はどう責任をとればいいのです？　だからほうっておいて下さったほうがどんなにか……」

麻耶の言葉は闘真の怒声に強引にかきけされた。

「ほうっておけるもんかっ！」

闘真は叫ぶ。おっとりした少年が初めて怒鳴ったことに、麻耶は驚《おどろ》いてしまう。しかし次の言葉はさらに麻耶を驚かせた。

「麻耶は僕の妹だ。大事な家族だ。見捨てるなんてできないよ！」

麻耶は闘真が言った意味が瞬時《しゅんじ》に理解できなかった。

「え？　妹ってどういうことですの？」

「黙《だま》っててごめん。ずっと黙っててごめん。麻耶の言っている腹違いの兄って、たぶん僕のことだ」

「な、何を言ってますの？　こんなときに冗談は止《や》めてください」

「冗談じゃない。本当のことだ。僕の親父《おやじ》の名前は真目不坐《まなめふざ》、坂上《さかがみ》は母親の苗字《みようじ》」

闘真の表情は真面目《まじめ》だった。それに冗談を言うような状況ではない。

「で、では私が妹だと知っていて近づいたのですか？」

麻耶《まや》はなかば無意識に後ろに下がって距離《きょり》をとった。少年に対し抱いていた信頼感《しんらいかん》が一気に崩れていきそうな気がした。

だが闘真《とうま》は強く大きく首を横に振った。

「まさか君が妹だと思わなかった。真目家《まなめけ》がどういう家族かも知らなかったし、真目って苗字《みょうじ》聞いても、たぶん偶然だろうって思ってた。でもさっきの麻耶の話で確信した。ごめん、麻耶。僕の存在が許せないのは解《わか》るけど」

「そ、そんな、あなたのことだとは知らなかったから、あの、私は……」

どんな大人でも舌をまく麻耶のいつもの話術は、少年の前ではまったく出てこなかった。だから何度もかぶりを振って、一生懸命《いっしょうけんめい》心を伝えようとした。短くした髪の毛先が何度も頬《ほお》に当たる。闘真はそんな麻耶の頭を一度だけなでた。

「僕があいつをひきつけておく。その間に逃げるんだ。大丈夫《だいじょうぶ》、あのおじさん達《たち》に外で待ってもらえるようお願いしたから」

「だ、駄目《だめ》です」

「駄目なのはあきらめることだ」

「でも、無理です、駄目です、もしあなたに何かあったら」

「麻耶は自分に百億ドルの価値があるといったとき、すごい寂しそうな顔をしてた」

「そ、そんなことは……」

否定しきれない。それは事実だからだ。

「僕は真目家がどういうものか知らない。なんだか凄《すご》くて大変な家なんだなってなんとなく解るけど、何も知らない。でもこれだけは言える。百億ドルの価値があるから守ってもらえるなんていうのは間違ってる。僕は麻耶が妹だから守る。家族を見捨てて自分だけ逃げたりなんてできるわけない。それ以上の理由なんて必要ない！」

「あっ……」

麻耶は力が抜けて膝《ひざ》から崩れ落ちそうになった。視界がぼやける。いつのまにか涙が頬を伝っていた。自分は何が欲しくて、何がしたくて、家を飛び出したのかようやく解った。心配して欲しかった。誰《だれ》かに、父でも、兄でも、知人の誰かでもいい。真目家の一人だからではなく、家族として、一人の少女、真目麻耶として心配して欲しかったのだ。

「私は……馬鹿《ばか》ですわ」

だが自分のしてきたことは、自分を真目家の人間という傲慢《ごうまん》な尺度で測った上でのことばかりだった。百億ドルという額になんの意味があるのか。結局のところ自分も骨の髄《ずい》まで真目家の人間なのだ。

「早く逃げるんだ、麻耶」

闘真が麻耶の腕をつかみ引っ張ろうとするが、麻耶はその手を固く握り返した。

「闘真お兄様。私はそれほど薄情《はくじょう》な妹ではありませんわ」

そう言った麻耶《まや》の瞳《ひとみ》には、先ほどまでの恐れはなかった。どんなに小さくても、か弱い少女でも、その内に強い強い意志の力を秘めた、真目《まなめ》麻耶の顔になっていた。

「私に腕力はありませんが、知力はあります。何か手助けできるかもしれません」

握り返された麻耶の腕に勇気づけられたように、闘真《とうま》の雰囲気《ふんいき》も変わった。二人の表情に理《り》不尽《ふじん》な死に抗《あらが》う気持ちが芽生え、うなずきあう。その二人の前に歪《いびつ》な人間の影が現れる。

「いやだ、本当にいやだねえ。こういう子供を殺すのは」

今まで怯《おび》えていた二人の子供は、百足《むかで》を、キッと睨《にら》みつけた。

15

「待て」

手をずいっと伸ばし、麻耶の話を止めたのは由宇《ゆう》だ。

「なんですの?」

麻耶の声は少し不機嫌だった。いまや話は最高潮のクライマックスを迎え、語る言葉に熱もこもっていた。胸に当てられた左手と斜め上に伸ばされた右手はまるで演劇の役者のようで、どれだけ話すことに夢中になっていたか解《わか》るというものだ。

「どうも腑《ふ》に落ちない。話に出てきた頼《たよ》りがいのある少年と、いまの闘真がどうしても結びつかないのだが。それとも同姓同名の別人か？」

しばらく黙《もく》していた麻耶は、

「そうですわね。いまの兄さんとは似ても似つかないでしょう」

と意外なことに同意してきた。

「だっていまの兄さんに比べれば、やはりまだまだでしたもの。まだ弱くて、おどおどしていて、頼りなくて……」

由宇はこめかみをもみ、処置なしという顔をして、あきらめた。

「それとも一つ疑問なのだが、あきらかに君の視点ではない描写が入っているのはなぜだ？百足に襲《おそ》われる護衛など君が知りようはないだろう」

「それは物語を円滑に語るための脚色です。後に読んだ報告書を元にした限りなく事実に近い脚色です。問題ありまして？」

麻耶はにこりと得意げに微笑《ほほえ》み、悪びれた様子もなく、写真の思い出を語るという当初の目的を破壊《はかい》しかねないことを口にした。

「脚色……」

「それでは続きを始めます。ご清聴《せいちょう》くださいませね」

暗にもう口を挟むなといって、麻耶は語り始めた。

「私達《たち》の前に再び百足は現れました。まともに戦って勝てるはずもありません。だから私達は……」

16

二人がしたのは逃げるという選択だった。

かなうはずもない。ならば逃げるしかなかった。小さい体を利用して、倉庫に積まれた荷と荷の間に体を滑り込ませ、すり抜ける。

「次を右です」

麻耶《まや》は頭の中で倉庫の地図を思い描き逃げ道を指示し、闘真《とうま》は麻耶の体を強引に引っ張って、後ろから迫る百足《むかで》からなんとか距離《きょり》を置いた。

それでも限界がある。いずれ追いつかれる。

「いまです！」

追いつかれる直前、闘真と麻耶は両サイドに分かれた。百足の目的は麻耶だ。しかし一瞬《いっしゅん》迷うだろう。麻耶を追えば一時的にしろ、闘真に背を向けることになる。そのことを考えないはずはない。それにすべてをかけた。あとは打ち合わせどおりの道順で闘真と合流する。これを繰《く》り返し時間を稼げば、真目家《まなめけ》の護衛が異常に気づきやってくるという希望はあった。

作戦は上手《うま》く行き、思惑通り百足は迷い、幾度かそれを繰り返し時間を稼ぐことに成功した。

だが、麻耶の疲労が限界に達しはじめる。それでも歯を食いしばり、麻耶は走った。疲労の色を隠すこともしなかった。今度はもう逃げ切れないかもしれない。

しかしそれでもよかった。自分が疲労の限界に達しているのを知れば、それだけ百足が自分を追う確率が高くなる。結果、それは闘真を助ける確率が高くなることでもある。だから麻耶はとっくに体力の限界を超えていても走ることができた。

しかし、はたして百足は麻耶を追ってこなかった。代わりに倉庫の端から、

「あああああっ！」

闘真の悲鳴が聞こえた。

「痛い、助けて、助けてっ！」

あろうことか百足は狙《ねら》いを変え、麻耶ではなく闘真を狙った。

「痛い、苦しい、助けて！　や、やめて……くれ……」

悲痛な声が聞こえてくる。それは徐々にか細くなっていく。

「闘真お兄様っ！」

麻耶は思わず足を止め振り返った。

「麻耶、逃げて……麻耶……」

それでも逃げおおせたのか、闘真の声が近づいてくる。麻耶はいてても立ってもいられず、声のほうへ向かって走り出した。

「大丈夫《だいじょうぶ》ですかっ!?」

息を切らせ、自分の身の安全も忘れ、麻耶《まや》はためらわず声のする方向の角を曲がった。しかしそこに見えたのは。

「痛い、痛い……おや？　やはりきたね」

闘真《とうま》の声で喋《しゃべ》る百足《むかで》がいた。

「嘘《うそ》……」

呆然《ぼうぜん》とする麻耶の前で百足が手を振りかぶった。百足の拳《こぶし》が飛んでくる。今度こそ間に合わない。麻耶はぎゅっと目をつむった。

「しゃがんでっ！」

闘真の声が聞こえた。目の前の百足からではなく、背後から。麻耶は考える間もなく体が素直にその言葉に従う。同時に頭上を何かが飛び越えた。闘真だ。

麻耶がしゃがんだかと思うと、その後ろから突然闘真が現れた。百足は驚《おどろ》き、しかし拳を繰《く》り出す。百足の拳のほうが一瞬《いっしゅん》速く、麻耶に届く。

しかし拳の動きが一瞬鈍った。

「なんだと!?」

腕に痛みが走ったのだ。痛みの源は腕に突き刺さったナイフ、否《いな》、クナイであった。どこから飛んできたのか、少なくとも投げたのは目の前にいる二人の少年少女ではない。麻耶の頭を打ち砕くはずだった右腕の腱《けん》に寸分の狂いもなく突き刺さっている。さらにどの角度から投げたのか、百足にさえ皆目見当《かいもく》がつかなかった。これだけ遮蔽物《しゃへいぶつ》の多い複雑な倉庫の中、百足の感知できる範囲の外から、クナイを放ったとなれば、どんな技を使ったのか。どれほどの使い手か。

しかしそれ以上の思考の時間は百足に許されなかった。

「うおおおおおっ！」

雄《お》たけびを上げながら、鳴神尊《なるかみのみこと》を振りかざした闘真が体ごとぶつかってくる。

この少年には自分を殺す技量はない。少年の身につけている武術も歳《とし》を考えればかなりのものだが、自分の足元にも及びはしない。手に小刀を持ってはいても、脅威《きょうい》ではない。なにより少年は普通の少年であり、人を殺すような修羅場《しゅらば》になど立ったことはないのは明らかだ。どんなに必死になろうと、何百人も殺してきた殺人のプロである自分が、恐れるような相手ではない。

それなのに、闘真の黒い瞳《ひとみ》とその手に握られた短い刀身の煌《きらめ》きを見たとき、百足は今まで一度も経験したことがない本能的な恐怖が背筋を駆け抜けていくのを感じた。

17

麻耶《まや》は信じられないという気持ちで、目の前の光景を凝視《ぎょうし》する。闘真《とうま》が突然現れたかと思うと、体ごと百足《むかで》にぶつかっていった。二つの体は倉庫の地面を転げまわった。

苦しくなるような沈黙《ちんもく》の後、立ち上がったのは闘真だった。百足は白目をむいたまま、ぴくりとも動かなかった。

「はあはあはあ……」

闘真は荒い呼吸を整えると、麻耶のほうへ振り返った。

「もう大丈夫《だいじょうぶ》だよ」

やさしい微笑《ほほえ》みだった。

大勢の人の声と車の音が倉庫の外から次々と聞こえてきた。

「真目家《まなめけ》の護衛がようやく到着したようですわ」

疲れ切った二人の子供は、倉庫の片隅で身を寄せ合って座っていたが、外の物音とともに窓から覗《のぞ》くと、誘拐犯《ゆうかいはん》AとBがおろおろしているのが見える。

「ちゃんと、逃げずに待っててくれたんだ」

「そうなのですね」

「大丈夫《だいじょうぶ》かな、あの人達《たち》」

「大丈夫です。直接危害を加えたわけではありませんし、最後は私を助けるために残って下さっていた恩人ですもの。私からきちんと事情を話します。それ相応の謝礼も出るでしょう」

それに、と麻耶《まや》は話を続けた。

「娘さんの話を聞きながら、事業のお話も聞きました。私から見るに彼等《かれら》の事業はささやかですが、誠実で可能性のあるものでした。投資するだけの価値はありますわ。もちろん、人がよすぎる社長と営業能力のない研究者では、心もとありませんから、投資するからには経営に口を出させていただきますけど」

いたずらっぽく笑う麻耶はビジネスの話をしているにもかかわらず、なぜか歳《とし》相応の少女に見えた。

「そうか、よかった。じゃああの人の娘さん、きっと行きたい学校に行けるよね」

「ええ、闘真《とうま》お兄様。大好きだとおっしゃっていたピアノも続けられると思いますわ」

「うん、よかった」

うんと力なく相槌《あいづち》を打つ闘真、疲れているのだろう。横顔に疲労の色は濃かった。麻耶はじっと横顔を見つめた。見つめていると安堵《あんど》できるのだ。

「ね、ねえ、闘真お兄様」

麻耶が恐る恐る話しかけると、闘真は驚《おどろ》いた顔をして麻耶を見て、照れくさそうに頭を掻《か》いた。

「その闘真お兄様って呼ばれるのは、恥ずかしいからやめてくれないかな」

「ではどのように呼べばよろしいかしら？」

「闘真でいいよ」

「そんな、お兄様なのですから、呼び捨てにはできませんわ」

「じゃあ、せめて兄さんとか？」

「兄さん……兄さん。はい、とてもいい響《ひび》きです。気に入りましたわ」

二人の兄、勝司《かつし》お兄様や北斗《ほくと》お兄様とはまるで違った呼び方。それは闘真を特別なものに位置づけるように思えた。

18

眼下に小さくなっていく少年を、麻耶はヘリの窓からずっと見ていた。やがて肉眼で見えなくなっても、麻耶は同じ方角を見続けていた。

「そんなになごりおしいのか？」

ころあいを見計らって、声がかかってきた。麻耶《まや》は窓の外を注視したまま、冷たい口調で返事をする。

「北斗《ほくと》お兄様」

対面に座る北斗は麻耶の硬い口調に軽く肩をすくめた。

「気のせいかな？　敵対心を感じるな」

「いいえ、気のせいではありませんわ」

ようやく麻耶の目は窓から北斗へ向けられる。真正面から麻耶を見た北斗は、陽気に軽く口笛を吹く。

「ひゅー、印象かわったね」

「髪を切りましたから」

「まあ、それもそうなんだけど。まるでローマの休日のアン王女だ。髪を切ったからじゃない」

組んだ両手の上にあごを乗せ、楽しげに語る。

「表情がね。前は綺麗《きれい》なお人形さんだった。たった一日の家出でこれだけ変わるなんてな。べスパで街の中を壊《こわ》しまくったか？　それとも船上のダンスパーティに出てギターでSP殴《なぐ》って川を泳いだか？」

北斗の軽口を受け流しながら、麻耶は思う。自分の中でも何かが変わったのは自覚していた。外の世界を知ったことであり、誘拐犯達《ゆうかいはんたち》との出会いであり、百足《むかで》との戦いであり、なにより闘《とう》真《ま》との出会いがもたらしたものだ。

「あそこの倉庫の持ち主にお礼とお詫《わ》びをしないといけませんわね」

再び窓の外に目をやる。倉庫はもう見えなくなりそうなほどに小さい。少し前まであそこで命がけの戦いをしていたとは、麻耶自身信じられない気持ちだった。

「ギターでSPを殴るどころか、そのSP達を倒した百足という暗殺者と命がけで戦っていましたわ。初めての外出が、とんだ命がけの大冒険でした」

「そうだってね」

「タイミングがよすぎるとは思いませんの？」

北斗はまた肩をすくめて、

「俺《おれ》の差し金だって言いたそうな顔だ」

面倒くさそうに喋《しゃべ》った。

「その可能性もありますわ」

「実の妹を亡き者にしようとする冷徹《れいてつ》な兄だと？」

「いいえ。実の妹を測るのに、殺し屋を使う非常識な兄です。でも北斗お兄様だとは断定していません。お父様かもしれないし、勝司《かつし》お兄様かもしれませんし、私を邪魔《じゃま》だと思う八陣家《はちじんけ》の誰《だれ》かかもしれません。確実にいえるのは、真目家《まなめけ》を欺《あざむ》けるのは真目家だけ。この言葉の意味を実感したということです」

「まったく魑魅魍魎《ちみもうりょう》が跋扈《ばっこ》する因果な家柄だよな」

「ええ、その通り」

「おまえ、そろそろ守り目つけたらどうだ？　これから先も命を狙《ねら》われるだろう。八代家《やしろけ》に一人、すげえ優秀なのがいるらしいぞ。いらないっていうなら、無理強《むりじ》いしないけどよ」

「そうですわね。でも私の守りが固められては、困る方も多いのでは？」

「おまえ、本当に変わったな」

麻耶《まや》は北斗《ほくと》の表情を探った。しかしどこか気だるげで、それでいて陽気そうな雰囲気《ふんいき》は変わらなかった。

麻耶はもう北斗を探るのをやめ、次にいつ会えるのか解《わか》らない闘真《とうま》を思った。

あの後、麻耶と闘真は誘拐犯達《ゆうかいはんたち》と無事を喜びあい、何か思い出が欲しくて、誘拐犯Ｂの持つ携帯のカメラで写真を撮ってもらった。けれど命がけの時間の後に訪れた安堵《あんど》の中のささやかな楽しい時間はそこで終わりだった。

なぜ一緒《いっしょ》にヘリに乗れないのかという麻耶に不坐《ふざ》直属のＳＰは何も答えず、闘真は別の車に乗せられた。

闘真は正妻の子ではない。まだ真目家《まなめけ》の中でも存在を認知されていないのだ。麻耶でさえつい今朝方知ったほどなのだから。兄妹といっても、妾腹《しょうふく》の闘真と自分では立場が違うのだと暗に教えられ、それは麻耶をとてつもなく哀《かな》しくさせた。しかし、同時に麻耶の中に眠っていた真の心を呼び覚ました。

父や兄の言うことを聞いていれば、可愛《かわい》い娘と、妹と、頭をなで大事にしてもらえるだろう。けれどそれはあくまでも真目家の娘だからだ。役割をまっとうし、彼等《かれら》の役に立ち害をなさない存在という立場からもたらされるものだ。そんな愛情ならいらない。そんな人生など生きられない。

麻耶は闘《たたか》うと決めた。お人形でいることをやめた。たとえそれが血で血を洗う覇権争《はけんあらそ》いの渦中に身を投げ出すことになると解《わか》っていても。

19

麻耶は少し緊張《きんちょう》していた。

今日は守り目となる人と会う日なのだ。命を預ける相手だ。考えようによっては親族以上に近しい存在になる。

どのような人物かは事前に麻耶に知らされてはいない。

知らないほうがおもしれえだろ、とは不坐の弁である。面白いのはお父様では？　という言葉はかろうじて呑《の》み込んだ。どうせそんなことを言っても喜ばせるだけだ。

麻耶は時計を見る。あと少しで面会の時間だ。緊張に喉《のど》が渇く。

いてるか？」

「俺《おれ》がじきじきにおめぇの守り目をつれてきてやったんだ。ありがたく思え。おい、俺の話聞

「お父様、どうして？」

部屋に入ってきたのは不坐《ふざ》だった。

「おお、来たぞ」

まったく聞こえていなかった。不坐のあとに入ってきた人物を見て、麻耶は言葉を失った。

守り目は八陣家《はちじんけ》から選ばれるという通例があるので、不坐が案内してきた人物はまったく予想していなかった。

「あなたが、私の？」

やや声がかすれてしまった。かすれた声が恥ずかしく、少しうつむいてしまう。

「うん、なんかそうみたい」

坂上闘真《さかがみとうま》は最初に会ったときとまるで変わらない様子で、照れくさそうに頭を掻《か》いている。

「まあ、お互いもう知ってるようだし、いまさら自己紹介もねぇだろ。まだ正式じゃねぇが、とりあえず様子見でやってみろや」

不坐は二人の様子をおかしそうに見ている。

「文句はねぇよな？」

得意げな父親の顔が憎たらしい。

異論はある。目の前の少年は守り目としての護衛能力はいささか力不足だろうし、それ以外の日常を補佐する役目がどういうものかもおそらくは知らないだろうし、麻耶の本業の補佐にいたってはまったくできないだろう。

それでも闘真は誰《だれ》にもできないことをしてくれる。

闘真はあの日と変わらぬ素朴で自然な様子で麻耶を見て、少し照れたように言った。

「ああ、そうだ。あのとき言い忘れてたけど、その髪型、よく似合っててかわいいよ」

何気ない一言がうれしかった。

そう、闘真は麻耶にとって一番大事なものを守ってくれる。

他《ほか》でもない、麻耶の心そのものを。

エピローグ

すべてを語り終えた満足感からか、麻耶はふうと長い吐息《といき》をつく。

「それ以来、私はこの髪型なのです。兄さんは短い髪のほうが好きなのですわ。おあいにくさま」

「何がおあいにくなのかよくわからないのだが、それで兄さん兄さんのブラコンか。なんだ、やはり誇大妄想《もうそう》のたぐいだな」

「し、失礼なっ！　まあ、あなたのような方に、乙女《おとめ》の心を解《わか》れと言っても無理ね」

乙女心が解らないと言われたとき、わずかに由宇《ゆう》の表情が曇《くも》ったが、すぐに気を取り直す。

「それで婚約者の話はどうなったのだ？」

「言ったではありませんか。自らの生き方は自らの力で切り開くものだと」

フフフと不気味に笑う麻耶《まや》。由宇はそういえば以前闘真《とうま》が、麻耶は婚約者のことごとくを排除したと言っていたのを思い出した。

「まあ、君の話が恐怖心を克服するための美化された虚飾と脚色に満ちた話半分だとしても、そのような経緯では君が極度のブラザーコンプレックスを抱くのは無理もないか」

「誰《だれ》も話を二倍になんてしていません！　美化も一切してませんし、虚飾も脚色も皆無《かいむ》ですわ！」

怒る麻耶を無視して、

「人間、なかなかどうしてきっかけというのは大事なものだ。特に君が言うように、第一印象は悪くても、話してみて印象が変わるということもままある。私のケースは君のケースとはずいぶんと異なる。第一印象は無能な男、最初に交わした会話は最悪といったところだな」

ベッドに横たわったままふんぞり返るという器用なまねをしながら、由宇は苦みばしった顔をした。

「どんな出会いだったのですか？」

二人の出会いがどういうものか興味があった。以前、闘真に聞いたときなぜかうやむやにされて、聞けなかったのだ。

「最初に会ったのはスフィアラボ事件のとき、私が拘束されていたときだ。NCTの地下に連れてこられ、私の姿を見て、おどおどしているのが目隠しごしでも解るほどの情けない男だった」

「それはあなた方がろくに事情を説明もせず、いきなり兄さんを地下1200メートルに拉致《らち》したからでしょう！」

「ふむ、まあものは言いようだな。そういうことにしておいてやろう。しかし次の、最初に交わした会話はさしもの君も反論の余地はない、最低なものだったぞ」

「そ、それはどんな……？」

由宇の大仰な言い回しに、思わず麻耶は身構えてしまう。

「たいしたことではない。私の陰部を見て『もしかしてパンツはいてない？』と聞いてきた。ああ、そう言えば極度の興奮《こうふん》状態からか、鼻腔《びこう》から出血していたな」

麻耶は椅子《いす》からずり落ちそうになった
「い、い、い……」

「だから陰部だ」

「言い直さなくて結構です！」

「どうだ、最悪だろう。何ならもう少し状況を説明しても」

今までの経験からあるいはショックで倒れるかもと思ったが、意外にも麻耶《まや》の立ち直りは早かった。

「けっこうです。私にも、徐々にあなたの生活環境と羞恥心《しゅうちしん》がどの程度のものか解《わか》ってきました。きっとその時も兄さんに非はありません。不可抗力だったはずですわ！」

動揺しながらも、取り乱すことだけは抑えることに成功した麻耶は、声を荒らげた自分をごまかすようにこほんとセキをすると、写真を見る。これ以上話していたら、美しい思い出が容《よう》赦《しゃ》なく壊《こわ》されそうだ。

「以上、これがこの写真にまつわる、私の思い出ですわ」

「そうか。出会ったこの日、君達《たち》はかけがえのないものを見つけたのだな」

「……たち？」

「そうだろう。闘真《とうま》が母を失ってから、麻耶以外の家族と安心して話せたとは思えない。いや、あの男のお気楽さなら、その可能性もあるだろうが。しかしもっとも心を許していたのは君ではないのか？　お互いに家族というかけがえのないものを見つけたのだろう」

「ええ」

麻耶はいささか控えめに笑う。目の前には家族の絆《きずな》をいまだに知らない少女がいるのだ。無邪気には笑えなかった。

「つまり闘真は君の前では張り切っていたのだな。うむ、それなら現在とのギャップも納得がいく」

「どういうことですの？」

「簡単なことだ。人と人の絆が、危ういからこそ必死になる。絆が強固になれば、あるいは慣れてしまえば、気も緩《ゆる》むというものだ。そうだな、世間ではこういうのではないか？ 俗に言う倦怠期《けんたいき》だ」

「ちょ、ちょょっと由宇《ゆう》さん!? 倦怠期という言葉の使い方を思いっきり間違っていましてよ？ それにこれ以上私の思い出を壊さないでください！」

ちょうどそのとき、面会時間の終了を告げるベルが鳴った。二人の少女はしばし、名残惜しいとでも言うようにお互い黙《だま》ったが、麻耶は明るく潔《いさぎよ》く席を立った。

「またきますわね。では」

しかし扉のところで麻耶は一度、由宇に振り返った。

「そうそう、一つお願いがありましたの」

「なんだ？」

「こんど由宇さんと一緒《いっしょ》に写真を撮りたいのですがいかがでしょう？ 由宇さんとの思い出をアルバムに加えたいのです」

由宇は驚《おどろ》いた顔をし、珍しく言いよどみながら反論した。

「そ、それはかまわないが、しかしその必要ももうないだろう。なぜならもう膨大《ぼうだい》な画像データが、シティヘブンやここの監視カメラに映っているだろう。その中から……」

「由宇《ゆう》さん？」

なぜか頬《ほお》を紅潮させた由宇は、麻耶《まや》の「解《わか》っていますわよね？」とでもいいたげな、たしなめるような視線から目をそらした。

「そ、そうだな。そのような手間暇も一興かもしれない。……も、問題ないぞ」

「はい。今度はカメラを持ってきますわ」

麻耶はそう言ってにっこりと笑うと、部屋をあとにした。

3話

亜麻色の髪の娘

始まりは二十年前。

ある者は冷戦と呼ばれる時代に翻弄《ほんろう》され、憎しみを胸に抱えていた。ある者は血筋に縛《しば》られ、自己を封じていた。ある者は使命感に燃え、しかし若さゆえに届かなかった。ある者は己の上に立つ人間を認めることができず、狂気へと陥《おちい》った。ある者は初めて理解しがたい存在に出会い、心が震《ふる》えた。

因縁《いんねん》も思惑も憎しみも愛情も生まれた。

しかし一人の男の前では、すべてが無意味だった。

プロローグ

――マッドサイエンティストを護衛して欲しい。

まだ二十代前半の伊達《だて》に下った指令は、大抜擢《だいばってき》と呼べるものだった。

二日後、伊達は急遽《きゅうきょ》編成した護衛チームとともに、とある自衛隊の航空基地で保護対象を待っていた。

「マッドサイエンティストか」

まだ見えぬ機影を雲の彼方《かなた》に見据えながら、伊達は苦笑する。何度も聞いたことがある名前だ。マッドサイエンティストの代名詞とまで言われた奇人にして、稀代《きだい》の天才科学者。数多くの発明と、それらを軍事転用した際の有用性の高さ。伊達のような職種に従事している者なら、彼という人間をいまさら説明される必要もない。

時計を確認する。到着予定時刻まであと数分だ。頭の中で護衛チームの布陣を何度も確認した。不備はないか。護衛の数は充分か。機密性は保たれているか。

結論はいままでと同じ、問題なしであった。だというのに伊達の胸中から不安は消えない。

その正体がいったいなんなのか伊達《だて》には解《わか》らなかった。

『飛行機が到着しました。予定通りです』

イヤホンからの報告に、伊達は空を見上げた。ほどなくIL―76MF《キャンディッド》の独特のシルエットが姿を現す。伊達は最終的な指示を出すと、あとは待つばかりとなった。

出迎えの代表人物が落ち着きなく待っていた。テレビでよく見る政治家の一人だ。公にできる歓迎の儀式《ぎしき》ではない。すべては極秘裏に行われる。

相手はあの狂人なのだ。

無事に飛行機は到着し、タラップが下ろされる。

最初に数名の護衛役が降りて、続いて二人の人間が姿を現した。

――彼がかの天才科学者か。

落ち着いていたつもりでも、伊達は汗でYシャツの背が濡《ぬ》れるのを感じた。

世界最高にして最狂の頭脳の持ち主、ソビエト連邦共和国の科学の発展を一手に引き受けた男。彼がいなければソビエトはアメリカと宇宙開発を競うこともできなかったという。また噂《うわさ》では世界に先駆けて連鎖《れんさ》核反応、すなわち核爆弾の開発に成功していたとも言われている。

その年齢にもかかわらず、彼はしっかりとした足取りでタラップを降りてきた。マッドサイエンティストという不名誉な名を喜んで受け入れる変人は、噂にたがわぬ偏屈そうな顔をしている。

代表人物はタラップの一番下でマッドサイエンティストを待っていた。

「お待ちしておりました。あなたを歓迎します」

握手を求めて手を差し出すも、ソビエトの狂える頭脳と呼ばれた科学者は、手を握り返すことなく相手の顔を睨《にら》むように見つめる。

「セルゲイ・イヴァノフだ」

ソビエトが誇る天才科学者にして狂人、マッドサイエンティストの名をほしいままにしているセルゲイ・イヴァノフは、はきすてるように名乗った。


代表人物は顔色一つ変えなかった。イヴァノフの人間嫌いな性格は有名だったからだ。この程度の反応は予想済みだっただろう。何人かの重鎮《じゅうちん》をイヴァノフに紹介してまわり、最後に伊達のところに来た。

「当分の間、あなたの警護主任を務める伊達真治《しんじ》と申します」

伊達は頭を下げて自己紹介をする。いままで誰《だれ》の手も取らなかった。偏屈な老人だ。人と触れ合うのが好きでないのは一目瞭然《いちもくりょうぜん》だった。しかしイヴァノフが手を取らなかった理由はそれだけではないだろう。

伊達はここ数日で頭に詰め込んだイヴァノフの人物像を思い返す。イヴァノフへの疑問は非友好的な態度だけでなく、もっと根幹の部分に伊達《だて》は疑問を抱いていた。

イヴァノフは典型的な国家崇拝者である。日本はアメリカの属国、第二次世界大戦の敗戦国にして、敵国の支配を受け入れた国。つまり軽蔑《けいべつ》すべきソビエト連邦の敵と思っていて当然だろう。嫌悪感《けんおかん》あらわな表情、見下した眼差《まなざ》し。そのことは短い時間の中だけでも充分に理解できた。

——しかし、ならばなぜ、日本に亡命してきた？

伊達がイヴァノフのことを知り最初に思った疑問は、ここにきてますます深まった。

だが今はさぐりを入れている時間はなく、しかも伊達の役職権限を超えた事柄でもある。伊達は最大の疑問を押しのけて、二つ目の疑問を口にした。これは伊達の役割上、必要なことであった。

「失礼ですが、後ろの女性の方をご紹介していただけませんか？　彼女も警護対象であるなら、任務上必要ですので」

伊達がイヴァノフの背後に目を向ける。そこには影のように寄り添っている若い女性の姿があった。まだ二十歳前後だろうか。長い亜麻色《あまいろ》の髪に最高級の翡翠《ひすい》のようなグリーンの瞳《ひとみ》。目鼻立ちは完璧《かんぺき》に整い、影のように寄り添っていても否応《いやおう》なく目をひいた。陳腐な言い方かもしれないが、非の打ち所のない美女であった。

「警護だと？」

伊達の言葉をイヴァノフは鼻で笑った。

「こいつをどうにかできる人間などいるものか。どちらかというと君達《たち》が警護してもらったほうがいいのではないかと思うがね？」

イヴァノフは肩を揺らし声もなく笑い続ける。その態度は伊達を心底馬鹿《ばか》にしたものであったが、伊達は平静にその様子を見つめていた。すでに護衛の任務は始まっている。イヴァノフの人となりを知ることも護衛には必要な事柄だ。感情がむき出しな分、人間性は理解しやすく、ある意味やりやすいとも言えた。

ただしイヴァノフの言葉は相手を軽蔑から馬鹿にしたいだけのものではない。本気で言っていることが解《わか》った。

伊達は再び背後の美女に目をやる。細い体は特に武術をたしなんでいるような体つきではなかった。指先に目をやっても、綺麗《きれい》に伸ばされ整えられた爪《つめ》は、その先まで美しいと解るだけで、人を殴《なぐ》ることはもちろん、トリガーをひくことにもまったく適さないのは明らかだった。

――どちらかというと君達が警護してもらったほうがいいのではないかと思うがね？

しかしイヴァノフの言葉は本気だった。

「これはわしの助手だ。おい、名乗らんか」

「スヴェトラーナ・クレール・ボギンスカヤと申します。クレールと呼んでくださって結構です」

長い亜麻色《あまいろ》の髪を揺らしただけで、緑の瞳《ひとみ》から感情らしい感情も見せず、正体不明の美女はそう名乗った。

1

イヴァノフが逗留《とうりゅう》するのは洋風の屋敷《やしき》だった。敷地も広く、周囲は林に囲まれている。警備面から考えれば土地も広く守りにくい場所であるが、イヴァノフの知識が欲しい日本は我儘《わがまま》ともとれる言い分を無下にはできない。

一階の広い部屋に警備本部を設置し、館《やかた》とその周囲に護衛を置いた。いくつもの監視カメラと網目《あみめ》のような赤外線感知器も備えたが、世界最高峰の頭脳を護《まも》るには万全とは言いがたい。

しかし伊達《だて》の意見は、「それでも守るのが君等《きみら》の仕事だろう」の一言で一蹴《いっしゅう》された。

当分はイヴァノフ博士の亡命は公表されないことになっている。ソビエト《クレムリン》も他国への影響《えいきょう》を懸念《けねん》してか、亡命したことは隠していた。

それでも世界最高峰の頭脳と評される科学者の亡命である。他国に気づかれないはずがない。警戒は厳重に厳重を重ね、幾度も改善案が検討され、徐々に警護は厳重になっていく。

そのかいあってか、最初の一週間は何事もなく過ぎていった。

その日、伊達は定時に屋敷内の見回りをしていた。屋敷の中ですれ違うのは同じ警備の人間か、イヴァノフと彼が唯一連れてきた従者クレールと、二人の世話をする世話係だ。

しかしその日は少しだけ変化があった。

廊下を見回っていると、反対側から女性が一人歩いてきた。色の白い長身の美女、歩くたびに長い亜麻色の髪が揺れる。

伊達に気づいているのだろうが、視線がこちらに向くことはまったくない。態度の冷淡さはある意味イヴァノフ以上であった。

しかし一流モデルも裸足《はだし》で逃げ出すような優美な肢体で優雅に歩く姿は気品を感じさせ、そのような冷たい態度も悪い印象にはつながらない。警備の人間の中でも、今日はクレールさんとすれ違ったと子供のようにはしゃいでいる者さえいる。

「日本はいかがですか？」

伊達はある程度の距離《きょり》まで近づくと足を止めてロシア語で話しかけた。日常会話程度ならロシア語を話せるというのも、伊達が警備主任に選ばれた理由の一つであった。

対しクレールの反応は薄《うす》い。足を止めて横目に伊達を見た。窓から差し込む陽の光が、後光のようにクレールを包み込む。

――確かにはしゃぐ連中の気持ちも解《わか》らないでもない。

伊達が目を細めたのは陽光のまぶしさからだけではなかった。

「問題ありません」

温度を感じさせない言葉でクレールは簡潔に答える。無視されることを覚悟していたので、反応があったのが意外だった。しかし会話として成立しているかと言えば怪しい。

「不便に感じていることはありませんか？　何か要望があれば……」

「いえ」

伊達《だて》が言い終える前に首を振った。そのまま視線を外に向ける。無視の意思表示かとも思ったが、それにしては視線の動かし方に明確な目的が感じられる。

――警戒をしているのか。

ソ連国家保安委員会《KGB》の追っ手は当然考えられる。イヴァノフは祖国を裏切っただけでなく、ソビエトの科学力の基盤となる知識を有している。それが民主主義国家に渡ることなど、あってはならないことだ。

「安心してください。警備は万全です」

「万全な警備？」

その言葉だけは反応らしい反応を見せた。わずかに唇が笑みの形を作る。冷笑でもなければ微笑《ほほえ》みでもない。子供の遊戯《ゆうぎ》をお愛想《あいそ》で笑っているような表情だった。

クレールが後ろ髪を掻《か》き上げる。うなじの後ろ、頸椎《けいつい》のくぼみの部分に銀の光沢を放つ金具がついていた。髪飾りや首飾りでもない。それはあきらかに機械の部品であった。

何かと息を呑《の》む伊達の前で、クレールは襟《えり》の内側から何かを引っ張り出す。延びて現れたのはケーブルだ。ケーブルの先端のプラグを首の後ろ、機械の部分にゆっくりと押し込む。

「なっ！」

10センチ近い長さのプラグが首の後ろから頭蓋《ずがい》に突き刺さった。何かのトリックでなければケーブルのプラグは頭の中央にまでもぐりこんでいる。

「はあ……あ」

ケーブルを差し込むと同時にクレールは自分の体を抱きしめて震《ふる》えた。硬質な人形のイメージが、一転して生々しい人の体になった。

伊達が己を見失ったのは一秒にも満たない時間だろう。しかしその間隙《かんげき》に何かが伊達の横を走りぬけた。

「ぎゃあああああっ！」

同時に背後で悲鳴があがった。伊達が振り向く。振り向く横で何かが残像しか残さず戻っていく。それはクレールの髪の中に消えた。

同時に視界の反対側では血飛沫《ちしぶき》が飛び散る様を意識に捉《とら》えていた。世話係の女性が、血の噴き出る首筋を押さえ、倒れ、動かなくなった。廊下に血だまりがゆっくりと広がっていく。

「このタイプの盗聴器《とうちょうき》はKGBのものです」

クレールは指先に挟んでいた小さな機械を握りつぶす。すでに首の後ろのケーブルはなく、たたずまいは硬質な人形に戻っていた。

「次こそは万全の警護を」

それだけを言い残し、クレールは伊達《だて》の横をすり抜けて去っていく。血で濡《ぬ》れた床をためらいもせず横切り、赤い足跡を残していった。

「……あれは、なんだ？」

伊達はしばらくクレールの消えた方向を見ていたが、すぐに気持ちを切り替え世話係の首筋に手を当て、すでに絶命していることを確認した。

「もう少し泳がせておこうと思ったんだが……」

できれば彼女を通し、彼女からつながる上層部に近い人間を捕らえたかったが、死んでしまってはそれも不可能だ。それよりも問題はクレールだ。

「あのとき何をした？　あのケーブルはなんだ？」

この護衛任務は一筋縄《ひとすじなわ》でいかないとは思っていた。上層部の人間より、遥《はる》かに厳しい予想をしていた。しかしその予測さえ甘かったことを伊達はたったいま思い知った。

2

クレールはイヴァノフの部屋に戻ろうとしていた。ＫＧＢのスパイがいる以上、ここが安全とは言い切れない。

途中で足を止め、壁によりかかった。白い頬《ほお》は上気し、吐《は》く息は熱かった。

「うう……」

首の後ろに手をやる。一度セットすれば一定時間外すことはできない。熱い体の震《ふる》えをおさえるために自分自身を抱きしめた。

クレールはふらつきながらも、屋敷《やしき》の最奥にあるイヴァノフの部屋に向かった。

部屋に入ろうとすると、高齢の日本人が部屋を出てきた。初めて日本に訪れたとき、博士に最初に挨拶《あいさつ》をした人間だ。

「ん？」

無遠慮《ぶえんりょ》な視線をクレールに向けてくる。全身を嘗《な》め回すような視線は嫌悪《けんお》以外のなにものでもない。いまの状態では特に会いたい相手ではなかった。

クレールは会釈《えしゃく》もせず、すれ違う。後ろからも視線を感じるが無視した。それよりもクレールが気になることは他《ほか》にもあった。あの男は何を話しにイヴァノフに会いに来たのか。

部屋に入るとイヴァノフの後ろ姿が目に入った。いつものように机に向かっている。

「ＫＧＢのスパイが内部にもぐりこんでいました」

ゆっくりと椅子《いす》が回り、イヴァノフは正面からクレールを見た。しかし窓から差し込む光が逆光となって、どのような表情をしているのかよく解《わか》らない。

「始末したのか？」

「はい」

「では力を使ったのだな？」

答えを一瞬《いっしゅん》ためらう。しかし隠したところでこの老人には何もかも見抜かれてしまう。

「はい、使いました。……んっ。神経剝離《はくり》、安全域に達したようです。外します」

「どれ、わしが抜いてやろう」

そう言って椅子《いす》から立ち上がり歩み寄ると、ケーブルに手を伸ばす。クレールは嫌悪《けんお》に顔を歪《ゆが》めて、後ろに飛びのいた。

「だ、大丈夫《だいじょうぶ》です」

飛びのいた先で膝《ひざ》を突いてしまう。苦しげに息を吐《は》く。それでも何度か呼吸を整え、震《ふる》える手でケーブルをつかんだ。わずかな刺激であるはずなのに、つかんだ瞬間体が痙攣《けいれん》した。奥底から這《は》い上がる感覚に、奥歯を嚙《か》み締めて耐えた。

「うっ、あああああっ！」

悲鳴に近い叫び声をあげながら、思い切りケーブルを引き抜く。全身をさいなむ感覚が唐突に途絶え、熱かった汗が一変して冷たくなった。一気に感覚が消えうせたことで、ある種の虚無感に襲《おそ》われ、数秒の間呆《ほう》けてしまう。

「はぁはぁはぁ……」

呼吸を整えると、何事もなかったように立ち上がり無表情という名の仮面をかぶる。これが唯一、心を守る手段だった。人形と呼ばれるならば、いっそ人形に徹《てっ》する。

クレールのささやかな反抗が楽しいのか、イヴァノフは、にやにやと嫌な笑みを見せていた。自分はしょせんイヴァノフのモルモット、あるいは玩具《おもちゃ》だ。

それでもクレールは無表情に徹する。先ほどまでの感覚の残滓《ざんし》に、膝が落ちそうになってもこらえた。こらえる様子さえ悟らせぬよう、体の芯《しん》から湧《わ》き上がる熱い呼吸さえも呑《の》み込む。

「博士、村のみんなは無事でしょうか？」

何かいいたげなイヴァノフを察し、クレールは強引に話題をそらした。

「わしが便宜をはかっているんだ。無事に決まっておる。信じておらんのか？」

イヴァノフは疑問に思われているのが心外と言わんばかりに不機嫌になった。杖《つえ》をクレールの頬《ほお》にぐいと押し付ける。

「いえ、そんなことはありません」

屈辱《くつじょく》的《てき》な仕打ちに耐え、クレールは目を閉じた。故郷の風景はいまもありありと思い出すことができる。あの村を離《はな》れていったい何年になるだろう。

「そんな心配より、例のモノを早く探し出せ」

「解《わか》りました。ですがこの国のデジタル情報は未熟で未整理で未発達です」

「言い訳は無用。必要とあれば、この屋敷《やしき》を抜け出してもかまわん。必ず見つけ出せ。見つからなければ、この国に亡命した意味がないわ」

イヴァノフは机の上にある、意味不明な記号がならんだ紙を握りつぶす。

「早く探せ、一日でも早く！」

「解《わか》りました」

拒否はおろか言い訳も許されない。クレールはただうなずくしかなかった。

3

クレールの尋常ならざる戦闘力《せんとうりょく》を見たあの日以来、伊達《だて》は常にイヴァノフとクレールの二人の監視体制を強化し、動向に変化がないか注意深く見守っていた。

「今日も異常なしか」

監視カメラの映像の前をイヴァノフが横切っていく。あくまでも侵入者に対する監視カメラであり、二人の亡命者のプライベートに踏《ふ》み入るものではなかった。そのため屋敷内《やしきない》の設置場所は限られている。

イヴァノフが屋敷の外に出るときは必ず、屋敷内でも時間さえ許せばクレールはイヴァノフのそばを離《はな》れなかった。

せわしなく歩くイヴァノフの姿と、後ろから優雅についていくクレールの組み合わせはとても奇妙だ。博士には妻も子供もいない。当初は誰《だれ》もがその美貌《びぼう》から博士の情人かと思っていたが、日が経《た》つにつれ、そのような関係だというには違和感がつのっていった。

「本当に綺麗《きれい》な人ですねえ」

伊達と一緒《いっしょ》にモニターを見守っている監視役の一人が、しみじみと口にした。

「あんなじいさんには、もったいないな」

他《ほか》の監視役が揶揄《やゆ》する。

「本当にただの助手なんでしょうか？」

「助手だろうが愛人だろうが、マッドサイエンティストの気まぐれに付き合わされて、祖国を捨て亡命だなんて気の毒に」

「慰《なぐさ》めてやりたいもんだな」

「無理無理、おまえなんか歯牙《しが》にもかけないよ。冷たい目で見下されるのがオチだ」

「それがいいんじゃないか。あの眼差《まなざ》し、ゾクゾクっとこなきゃ嘘《うそ》だろ」

会話に歯止めがなくなってきたので伊達はため息交じりで注意をうながす。

「勝手な妄想《もうそう》で眠気を覚ますのはいいが、監視の目は緩《ゆる》めるなよ。イヴァノフ氏の身柄を狙《ねら》っているのはKGBだけじゃない。それとスヴェトラーナ・クレール・ボギンスカヤの見た目に惑わされるな。また死体の後片付けをしたいのか」

先日殺された世話係の事件を暗に含ませる。

「それはそうなんですがね、主任。現場を見ていない俺達《おれたち》はいま一つピンとこないんですよ」

あの事件の後、クレールの身体検査を申し出たが断られた。イヴァノフの知識が欲しい日本政府は、強い姿勢で要求するわけにもいかず、ましてスパイをあえて屋敷《やしき》に招き入れて泳がせていたことは本当だったため、あの事件はうやむやになってしまった。

一歩間違えれば非難の矛先が伊達達《だてたち》護衛チームに向けられる。伊達もクレールの正体をこれ以上追及することはできない。

「今日も何もありませんでしたね」

交代時間の間際に誰《だれ》かが言った。

だがそれは間違っていた。

交代の時間が来て伊達は十六時間ぶりに休憩に入る。八時間交代制だが、伊達は倍の時間従事し、それでもなお足りないと焦燥感《しょうそうかん》にかりたてられていた。

休憩室に向かった足はしかし途中で反転する。念のため最後に屋敷と庭を一周して、休みに入ろうと思った。

「屋敷内は異常なしか」

屋敷内をくまなく一周し庭に出る。弓のように細い月の明かりは頼《たよ》りなく、庭を照らす光は外灯で充分であるはずなのだが、奇妙な寒々しさと頼りなさを感じた。

伊達は周囲の気配に気をつけながら、ゆっくりと敷地内を見て回る。すでに交代の時間から一時間が経過していた。

庭の見回りを開始して十五分、伊達の足が止まった。外灯の明かりが消えていて、奇妙に暗い一角があった。

「電球が切れたか？」

しかしそれにしてはこの時間帯、ここを見回っている警備の人間がいない。

「裏庭B区画がおかしい。少し様子が……おい？」

通信機で報告しようとしたが、返ってきたのは耳障《みみざわ》りな雑音だけだ。

伊達は慎重に歩を進める。途中で倒れている人間を見つけた。護衛の一人なのは服装からすぐに解《わか》った。

「気絶しているだけか」

脈を確かめ、生きていることにほっとする。

そのとき視界の隅に見覚えのある後ろ姿が消えていった。亜麻色《あまいろ》の長い髪をした後ろ姿など、この屋敷には一人しかいない。まして老人と一緒《いっしょ》となれば、その正体は明らかだ。

通信機が使い物にならない今、本部に戻り報告をするしかない。しかし伊達は思いとどまった。

「イヴァノフはなぜ日本に亡命してきた？」

最初からずっとこびりついてきた疑問が頭をもたげる。護衛を強行突破してでも実行したいことがあるのだ。

伊達《だて》は護衛本部に向かわずイヴァノフを尾行することに決め、二人のあとをつけていった。


尾行は慎重に慎重を重ねた。イヴァノフはともかくクレールはKGBのスパイをかぎつけるほどの人物だ。しかも正体不明の攻撃《こうげき》手段を持っている。イヴァノフが開口一番、護衛してもらうのは君等《きみら》のほうだと言ったのも今となっては納得できる。

クレールとイヴァノフはやがて郊外の住宅街を抜け、林の奥にあるやや年季の入った一軒家の前で立ち止まった。

人気《ひとけ》のない場所にもかかわらず、二人は家の前でぼそぼそとロシア語で会話をしている。

「ここで間違いないのか？　本当だな？」

「はい、何度も確かめました」

「そうか、ついにこのときが来たか」

イヴァノフの表情はあきらかに興奮《こうふん》していた。二人は会話を終えると、家の中に入っていく。

「もしかしたらイヴァノフが日本に来た理由か？」

伊達は忍び寄って表札を見る。イヴァノフの亡命になんらかの関係がある人物かもしれない。

そう思うと伊達は生唾《なまつば》を飲み込んだ。しかし期待に反し、表札にあったのは聞いたこともない名前だった。

「……峰島勇《みねしまゆう》？」

4

「その程度か」

イヴァノフとクレールの二人を最初に迎えたのは、その一言だった。

家の中に入って最初に目に付いたのは、紙の山だ。部屋中に紙のたばがこれでもかというほど積まれている。その部屋の一番奥にある机、そこにかの人物は足を組んで座っていた。

白いスーツと白い帽子をかぶった男。突然入ってきたイヴァノフとクレールに驚《おどろ》いた様子もない。それどころか、

――その程度か。

と落胆すら感じさせる言葉を投げかけていた。

「おまえが峰島勇か？」

イヴァノフは気《け》おされながらも、白いスーツの男――峰島勇の前に立った。

「見ての通り」

峰島勇《みねしまゆう》と呼ばれた男は肩をすくめる。

「わしはイヴァノフ。セルゲイ・イヴァノフだ。貴様も科学者の端くれなら、わしの名を聞いたことがあるだろう」

「まあね」

イヴァノフはその男の反応が不満だった。自分は世界に名だたる天才科学者。相手は名もなき人間に過ぎないのだ。

「貴様、失礼にもほどがあるだろう！」

「失礼？」

怒鳴られた男は自分の姿を見て、何がという顔をする。

「客を迎えるための正装もしている。何が失礼だと言うのかね？」

「何が正装だ。わしは……」

そこで初めてイヴァノフは現実との齟齬《そご》に気づく。

「客を迎えるため、と言ったか？」

「そうだ。君達《たち》二人が今日来るのだから、こうしてめかしこんだのだよ」

イヴァノフはクレールを見た。クレールも首を横に振り、わけが解《わか》らないという意思表示をする。

「なぜわしらが今日訪ねてくると解った？」

イヴァノフの質問に白いスーツの男は眉《まゆ》をひそめて、何かを考えている。

「ああ、そういうことか。失敬。時々知人に言われる。他人と話すときはもっと思考のレベルを落とせと」

イヴァノフの顔が怒りで真っ赤になった。しかしその男はまるで意に介さず、言葉を続けた。

「簡単に言えば水が高いところから低いところへ流れるがごとく、私には君達二人が今日この時間に訪れるのは自明の理だった。これで解るか？」

「わしらの行動は予測済みだと言いたいのか？」

「いかにも」

峰島勇と呼ばれた男は、イヴァノフと話しながら、紙に何かを書き記していた。

「はっ、馬鹿馬鹿《ばかばか》しい。そんなことがあってたまるか。そうか、わしらが日本に亡命してきたことをどこかで知ったのだな。まったく日本の情報機密はなっとらん。そして自分に会いに来ることを察して、毎日同じ格好をして待っていたのだろう」

峰島勇は何かを書き終えたのか、それを折りたたんで丁寧《ていねい》に結び、指ではじいた。はじかれた紙はクレールの手元に落ちる。

「確かに貴様の予想通り、貴様が全米科学財団《NSF》ネットワーク《ネット》に流したあの暗号文を解読し、興味をひかれ、貴様を訪ねた」

「暗号文にした覚えはないのだがね」

「何を寝ぼけたことを言っている！　あの意味不明な記号の羅列《られつ》を誰《だれ》が理解できた。みなイタズラだと思って、すぐに消されたわ。世界中でわしだけが理解した。わしだけが解読したのだ。確かに貴様が暗号化し流したあの研究はなかなか興味深かった。凡百《ぼんぴゃく》の学者にできることではないわ。しかし……」

興奮《こうふん》し喋《しゃべ》る横でクレールは峰島勇《みねしまゆう》が投げてよこした紙を開いて読んでいた。その顔が徐々に青くなり、亜麻色《あまいろ》の髪に包まれた細い体が震《ふる》えだした。

「は、博士大変です。この紙に……」

クレールは途中で自分の口をふさぎ、已の言葉を無理やり封じた。そしてさらに青い顔になり、その男が投げた紙の半分をくしゃくしゃに握りつぶしてしまった。

「人が大事な話をしているのに、なにをしておる⁉」

「は、博士、これを……」

クレールがよこした紙にイヴァノフが目を通す。

「なになに『はっ、馬鹿馬鹿《ばかばか》しい。そんなことがあってたまるか。そうか、わしらが日本に亡命してきたことをどこかで知ったのだな』なんだわしがさっき言ったことではないか。話している間何を書いているかと思えば、馬鹿馬鹿しい。『何を寝ぼけたことを言っている』『凡百の学者にできることではないわ』速筆だけは長《た》けているようだな」

イヴァノフの言葉が止まる。この男がクレールに紙を投げてよこしたのは、いったいいつだったか。

「いやそんなことはありえない。『は、博士大変です。この紙に……』」

イヴァノフの手が震えた。

「わ、私は怖くなりました。博士に話しかけようとして、そのことさえ書いてあることに驚《おどろ》き、自分の口をふさいで、でもそれさえも……」

イヴァノフはクレールと同じように、蒼白《そうはく》になってその紙を見つめた。これは絶対に当たる預言者のお告げか、あるいは神が書き記した逃れられない運命の書か。

後半は怖くて読めなかった。もしそこに不吉なことが書かれていたら。そう考えるだけで恐ろしくなった。だからクレールは握りつぶしてしまった。

「ば、馬鹿な、こんなことはありえん。何かのトリックだ」

書かれていることの重大さを知ったイヴァノフは必死に否定する。しかしクレールが握りつぶした紙きれの後半を決して開いて読もうとはしなかった。

「信じてもらえたかな、セルゲイ・イヴァノフ？　私にしてみれば今日君達《たち》二人が来ることなど、君達の言葉で言えばリンゴが木から地面の上に落ちる程度には自明の理なのだよ。あまりにも単純で退屈だ。ましてやってくる時間が誤差三分以内ともなれば、その程度と思うのも当然だろう」

白いスーツの男は、どこかつまらなそうにつぶやいた。

「ま、まあいい。貴様のこの幼稚な手品を解き明かすのは次の機会にしよう。それよりも今日の用件はこれだ！」

イヴァノフは奇妙な記号が書かれた紙を取り出す。

「この研究はまあまあ見ごたえはあった。とりあえず誉《ほ》めておこう。しかしそれは机上の理論。絵空事にすぎん。見ろ！」

イヴァノフはクレールの髪を勢いよく掻《か》き上げ、首の後ろにある金属の部品を見せた。

「これが何か解《わか》るか？」

「ブレインプロクシか」

「そうだ。脊髄《せきずい》神経に直接コンタクトすることにより、脳による外部器官の直接操作。貴様が暗号化して流した机上の理論を、わしは現実化することができる。その力がある」

峰島勇《みねしまゆう》は形の良い眉《まゆ》を器用に片方上げ、問い返す。

「それで？」

あまりにあっけない返答、そっけない反応だった。イヴァノフが予想し、見るつもりだったものとあまりにもかけ離《はな》れていた。

「それで、だと？　まだ解らないのか？　わしはこれでも貴様に目をかけているのだ。わしのもとに下れ。わしの下で学べ。そうすればこのような汚い部屋に閉じこもって、誰《だれ》に知られることなく朽《く》ちることもなくなる。わしの弟子として世界に名を馳《は》すことができるだろう！」

　男の表情に変化はない。つまらなそうにイヴァノフを見つめ返すだけだ。すでにその言葉も寸分たがわず予測の範囲内だと言いたげだった。

　しかしイヴァノフは峰島勇の表情をまるで別のものに解釈した。ひるんでいると思ったのだ。

「そうか。わしが貴様の研究を現実化したことを信じられないのだな。まさかと思いたいのだな。まあ、その気持ちは解る。だが、残念だな、わしとお前では器が違う。見せてやれ、クレール。ブレインプロクシの完成型を！　次世代につながる新しい兵器の形を！　究極の兵器の尖兵《せんぺい》となるメドゥーサの力を！」

　イヴァノフは高らかに笑う。

　クレールはケーブルを出すと、後頭部のブレインプロクシに接続した。ケーブルを通じて脊髄神経の一部が外部に流れ、メドゥーサにつながる。イヴァノフが解説したもう一つの技術だ。あらがいようもない激しい高揚感がクレールの全身を包む。体を震《ふる》わせ、己を抱きしめ、熱い息を吐《は》いた。クレールの長い髪が重力から解き放たれたようにふわりと広がった。

「さあ見せつけてやれ、わしが与えたおまえの力を」

　興奮《こうふん》した口調で喋《しゃべ》るイヴァノフをよそに、クレールの薄《うす》く見開かれた緑色の眼差《まなざ》しは、窓の外に向けられていた。

「何をしている？　早くしろ！」

イヴァノフは杖《つえ》を思い切りクレールの顔に振り下ろした。しかし頬《ほお》を赤く腫《は》らしながらも、クレールは表情を変えず、淡々と喋《しゃべ》った。

「博士、外に敵意のある存在がいます」

「な、なんだと？　なぜもっと早く言わん！」

窓から外を覗《のぞ》こうとした博士の体をクレールは引っ張った。同時に銃声が鳴り、窓ガラスが砕け散った。

「敵の数は三十以上と思われます」

クレールは窓から外の様子をさぐった。同時に銃声がいくつも鳴る。しかしクレールはよける様子もない。

「博士はここにいてください」

割れた窓からひらりと外に飛び出すと、銃声はさらに激しくなる。しかし彼女は平然と歩いていた。

長い髪が風に揺らめいているだけであった。しかしそのじつ、外は無風に近かった。髪が揺らめくはずはない。

闇夜《やみよ》でなければあるいは確認できたかもしれない。クレールの周囲をうごめく亜麻色《あまいろ》の髪の存在に。クレールの周囲で宙に停止している弾丸には、何本もの髪の毛が巻きついているという奇怪な現象に。

「見たまえ、あれがメドゥーサだ」

蛇の髪を持つギリシャ神話の化け物を冠した兵器。しかしその正体がクレールとその周囲を取り巻く髪であるならば、メドゥーサと言うにはあまりに美しかった。

5

「くそ、なんだこいつらは！」

伊達《だて》は銃をかまえると、暗闇に向かって撃《う》つ。しかし闇夜にまぎれて襲撃者《しゅうげきしゃ》がどこにいるか何人いるか解《わか》らなかった。

家の中に入ったイヴァノフやクレールがどうなったのかも心配だった。応援は呼んだが、到達するまでまだ時間はかかるだろう。

さらに銃撃が激しくなる。伊達は物陰で身を潜《ひそ》めるのが精一杯だ。

かがんだ姿勢の狭い視界の中に、細い足が音もなく着地した。少し遅れて髪がふわりと降りる。髪は風もないのに揺らいでいる。髪にそって視線を上げると感情を感じさせない顔があった。それでもやや閉じた瞳《ひとみ》からは敵意、あるいは殺意が感じ取れた。

「博士を頼《たの》みます」

クレールはいつものように抑揚のない声でぽつりと告げると、銃弾の雨の中を歩いていく。

「馬鹿《ばか》、出るな！」

伊達《だて》の脳裏に浮かんだのは、銃に撃《う》たれ血を流し倒れるクレールの姿だ。しかし現実は異なる様相を展開する。

クレールは倒れもしなければ、血を流しもしない。ただ平然と歩いている。襲撃者《しゅうげきしゃ》が撃っているのは空砲ではないかと疑うほどに、彼女の体に変化はなかった。ただ無風のなか、亜麻《あま》色《いろ》の髪を揺らすのみ。

「そろそろ無駄《むだ》だということを悟ってはいかがでしょうか？」

わずかに止《や》んだ銃撃の隙間《すきま》に、クレールは凜《りん》としたよく通る声を発する。外見に反し流暢《りゅうちょう》な日本語。これは警告だ。

「ここで引き下がってもらえるのなら、おたがいに面倒がなくてすみます。あなた達《たち》は死を、私は死体を片付ける面倒を、回避《かいひ》できるでしょう」

沈黙《ちんもく》は一時、すぐに銃弾の雨は再開された。同じようにクレールはその中で平然と立っている。社交の場で手の甲にキスを求めるように、ついと腕が持ち上がった。

「あなた方の選択は理解しました。それでは死んでください」

クレールを狙《ねら》った銃弾は消えたわけではない。さりとて地面に落ちたわけでもなく、当たらなかったわけでもない。メドゥーサの蛇の髪がくわえるがごとく、そのほとんどは髪に搦《から》め捕

られていた。

その髪がいっせいに広がる。広がると同時に搦《から》め捕っていた弾の戒《いまし》めが解かれた。

それは全方位への銃弾の発射。ライフルにはおよばないが、人を殺傷するには充分な威力を持って、何百という弾丸がクレールを中心に射出された。

「ぐあぁっ！」

闇《やみ》の向こうからいくつもの人の悲鳴と倒れる音、そして血の匂《にお》いが届いた。

「残り二十一」

クレールは周囲を見渡し成果を確認する。襲撃者《しゅうげきしゃ》はひるんだのか次の銃弾までかなり遅れた。

それでもまだ果敢にクレールへ挑む。そして先ほどと同じ出来事が繰《く》り返された。

一部始終を見ていた伊達《だて》は、ただただ驚《おどろ》くばかりだ。

「なんだ、これは？」

クレールが何をしているのか、直視した今、頭では理解するが、感情が否定する。

伊達はイヴァノフの科学者としての偉業は、いくつもの資料に目を通して知っていた。

しかしいま目の前にあるのは、それらとはまったく違う異質のものだ。あえて言うならタガが外れている、というのが一番近いだろうか。人智を超えた偉業はしかし、同時に人が踏《ふ》み込んではならない異形を創《つく》り出した。

伊達の直感は告げる。これはイヴァノフが創り出したのか。それともあの白いスーツの奇妙な男が関与しているのか。いずれにせよ、この研究はあまりに異質な何かだ。人体実験を伴う兵器の開発は悪魔《あくま》に魂《たましい》を売り渡さねば生まれない。危険でない兵器の研究などありえない。だがこの研究は、悪魔さえ超越した歪《ゆが》みを持って存在している。

「残り十三」

無感情にクレールは人の命をカウントした。

窓から外を見ていたイヴァノフは自慢げに白いスーツの男に笑いかけた。

「見たまえ。貴様が基礎を作ったと、このさい貴様の顔を立てるため言ってやろう。そしてわしのすばらしい頭脳が未完全で未熟な研究を完成させたのだ。恐れ入ったかね？」

「完成？　まさか。あれは完成とは言わない。根本的な問題、神経接続のバイパスの混線がクリアされていない。神経のつながり方がでたらめだ。あれでは髪を動かすたびに、首から下の無関係な神経が刺激されるだろう。触覚、圧覚、温覚、冷覚、痛覚。たえまなく予知しない感覚を刺激されて、人の意識はどこまで保てる？　常人で一分。あの娘はよほど脳の適正があるようだが、五分、いや五分と三十二秒が限界か。未完の技術を完成させたと思ったが、どうやら君では無理のようだ」

イヴァノフは知らず、額から汗を流していた。いまこの男が言ったことはすべて当たっていた。しかし解《わか》るはずがない。机上の理論しか作り出せない男が、なぜ何十、何百と人体実験を繰《く》り返した自分と同じ結論にたどり着いているのか？

「確かに動けるのは五分三十一秒がいままでの最高時間だった。しかしメドゥーサならばそれだけ動ければ充分だ。いまもこの程度の襲撃《しゅうげき》なら相手を全滅させるのにものの二分もかかるまい。鉄壁の防御に絶大な攻撃力。メドゥーサは活動時間内なら無敵だ」

イヴァノフは力説し、峰島勇《みねしまゆう》の指摘を打ち消そうとした。

峰島勇は紙を一枚手に取ると、器用に折り曲げ始めた。

「鉄壁の防御力？」

「何をしている？」

ものの数秒で完成したのは、ただの紙飛行機だった。

「あの娘を倒すにはこれで充分」

いったいなんの冗談なのか。イヴァノフにはまったく理解できなかった。

老人の戸惑いをよそに男は無造作に紙飛行機をクレールめがけて投げた。血の匂《にお》いと銃弾の音が響《ひび》く闇《やみ》の中を頼《たよ》りなげに揺れながら、真っ白な紙飛行機は飛んでいった。

クレールは周囲の様子を探っていた。

髪の一本一本、その先端にいたるまでの全感覚をクレールは感じ取る。ブレインプロクシにより制御し脳に直接データを送り込む。何百発撃《う》たれようとも、クレールの体には到着しない。すべてそれより前に、髪に巻き取られてしまっている。

こと防御においてメドゥーサはほぼ鉄壁であった。クレールを中心に半径2メートル内に入るのはたとえどのようなものであっても不可能だ。

であるはずなのに、後頭部に何かが当たった。

「え？」

驚《おどろ》いて振り向いたクレールが見たものは、落下していく紙飛行機だ。後頭部に当たったのは白い紙で出来たなんの変哲もない紙飛行機だ。

「……なぜ？」

確かにメドゥーサの防御は完璧《かんぺき》ではない。ほぼ鉄壁、である。100パーセントではない。意識を向けられない穴が、何かのタイミングでどこかに生まれることもある。しかしその隙《すき》をつくのは不可能に近い。意識の間隙《かんげき》はほんのわずかであり、それを敵が悟る手段は皆無《かいむ》だ。

メドゥーサの防御を破るのは、二階から目をつむって糸をたらし一階の針に通すようなものだ。

なのに紙飛行機という、目に付きやすい緩《ゆる》やかに飛ぶものが後頭部に当たった。クレールの驚きはいかほどのものか。複雑な形で折り曲げられた紙飛行機ではない。何度確かめてみても、子供でも折れるほど簡易なものだ。

そしてその驚《おどろ》きこそが、決定的な意識の穴を作った。誰《だれ》にでも解《わか》る穴だ。襲撃者《しゅうげきしゃ》がそれを見逃すはずもなかった。

銃声が鳴る。意識の穴をすり抜けた弾丸は、クレールの体に到達した。


銃弾を右肩に受けたクレールは、体をコマのようにまわし、そのまま地面に倒れた。うつ伏せに倒れた体を中心に、血が広がっていく。

「馬鹿《ばか》な、ありえん!」

メドゥーサの力を知っているイヴァノフの驚きは大きかった。しかしいかに目をこらそうとも、クレールが血を流して倒れているという事実は変わらない。老人はただただ驚き何もできないでいた。

「いったいどうなっている?」

伊達《だて》も驚いていた。しかし助けにいこうにも、クレールの倒れている場所はかっこうの敵の的だ。動きようがなかった。

場は静まり返っている。あまりにも意外なクレールの結末に、襲撃者達《たち》自身、驚いているようだ。あるいは罠《わな》の可能性を警戒しているのかもしれない。

いずれにせよ、ほんの数秒だけ無音の時間が生まれた。

その無音の時間を最初に破ったのは、寂しげな口笛の音色だった。

「なんだ？」

伊達が物陰から顔を出す。コツコツとアスファルトを叩《たた》く靴の音。白い人影がゆっくりとクレールに近づいていった。

「誰だあれは？　なんのつもりだ？」

まるで場違いな白いスーツ姿。誰もが一瞬《いっしゅん》呆《ほう》け、しかし襲撃者の一人はトリガーを引いた。

銃声が鳴った。峰島勇《みねしまゆう》は上体をわずかに横にそらす。

「俺《おれ》のテーマソングの邪魔《じゃま》をするな」

銃弾で宙に舞った帽子を手を伸ばして受け止めると、そのまま何事もなかったように頭にかぶり再び歩き出した。そのままクレールのもとまでたどり着くと、黙《だま》って見下ろした。

「無様《ぶざま》だな」

口笛の音がクレールの意識を引き戻したのか、クレールは苦しげにうめきながらも峰島勇を見た。

「人の意識だけでは、全方位は補えない。しかしそれにしても使い方がへたくそだな」

「ふふ、そうですね」

クレールは自嘲《じちょう》の笑いを浮かべる。

「先ほどのメロディの続きを。あの寂しさは死ぬには悪くない音楽です」

白いスーツの男は帽子の上から頭を掻《か》くと、片方の眉《まゆ》を跳ね上げた。

「一つだけヒントをやろう。髪で知覚するなら、意識の集中先を目の裏側にしろ。眼球を百八十度回転させ、頭の中を見るイメージだ。それだけで神経網《しんけいもう》のつながりは改善される。あとはおまえしだいだ」

クレールは何を言われたか半分以上は理解していなかった。

──頭の中を見る？

いつのまにか男はいなくなっていた。まぶたには白い残像だけが残り、代わりにクレールの周りを囲んでいるのは姿を現した襲撃者達《しゅうげきしゃたち》だ。手には光沢のない黒い小銃を持ち、頭にはナイトスコープをかぶっている。暗殺専門の特殊部隊だ。クレールの予想に反してKGBではない。相手はこの国の人間だ。

「撃《う》て」

至近距離《きょり》からの一斉射撃。銃弾の衝撃《しょうげき》でクレールの体が地面の上ででたらめに踊る。

物陰で一部始終を見ていた伊達《だて》は歯嚙《はが》みする。

「くそ」

頭を少しでも出そうものなら正確無比なマシンガンの銃撃がかすめる。何百発に及ぶ銃弾の雨の中では、予備弾装もないリボルバー一丁ではどうにも動けなかった。見殺しにかできない自分の無力さを呪《のろ》う。

その間もクレールに対する至近距離の一斉射撃は終わらなかった。いったい何秒続いたか。何百発撃ち込まれたか。ようやく銃撃が終わったころには、ずたぼろになったクレールが地面に横たわっていた。

「目標B沈黙《ちんもく》。目標Aに……」

襲撃者の一人が指示を出そうとしたそのとき、何かが下から飛び出した。それは顔の前面から後頭部に抜け、先端からはこびりついた血がしたたった。

「ふふ、うふふふふ」

笑い声が聞こえた。全員が笑い声の聞こえた方向、地面へ目を向ける。クレールの頭から一房の髪が上方へ突き刺さっていた。その先端で力なく垂れているのは人間の体だ。

「うふふふ、ふふふふ」

クレールはゆっくりと上体を起こした。襲撃者達は思わず一歩引いてしまう。ゆらりと立ち上がると、うつむいたまま笑っている。笑う口が闇夜《やみよ》であるのに不気味《ぶきみ》に赤い。

一房の髪が大きくしなり、先端に刺さっていた人であったものを投げ飛ばす。

「うふふ、あはははは。あはははははっ！」

狂ったように、壊《こわ》れたように、彼女は笑い出した。

頭の内部を見る。たったそれだけのイメージでクレールの世界は激変した。体中の感覚が研《と》ぎ澄《す》まされ、あらゆる感覚が激流となってブレインプロクシから流れてくる。刺激され、狂わされる。それは痛みであり暑さであり寒さであり圧迫であり快楽であった。比べ物にならない情報量がクレールの思考を圧迫し理性を削った。

「う、撃《う》て！」

再び至近距離《きょり》からの一斉射撃。しかし先ほどのようにクレールの体が衝撃《しょうげき》で踊るようなことはない。周囲を取り巻く髪がすべてを防いでしまう。

クレールは無造作に腕を横に突き出し、そこにあった顔を握り締《し》める。

「は、離《はな》せっ！」

捕まった人間は抗《あらが》おうとするが、少女の細腕はしかし万力《まんりき》のように締め付けてくる。やがて腕伝いに髪が迫ってくる。

逃げようとするがそれはかなわなかった。髪は腕から手のひらへ、そして顔へとたどり着き巻きついた。見る間に視界を奪われる。口や鼻、耳や目、顔中の穴という穴から髪が侵入する。

「あああああっ！」

叫び声も口に侵入した髪で遮《さえぎ》られ、やがて聞こえなくなった。

ある者は髪に巻き取られた。きりきりと締まる髪は皮膚《ひふ》を裂き、肉を裂き、やがては骨にまで達する。ある者は全身を針状の髪の毛で串刺《くしざ》しにされた。それでもなお死なないのは髪の細さ故《ゆえ》だ。全身の激痛にいっそ殺してくれと声にならない叫び声をあげる。

次々と死んでいく。残るのは目を背《そむ》けたくなる無残な遺体と、狂った笑い声だけ。

「う、うわああああああああっ！」

生き残った襲撃者達《しゅうげきしゃたち》は、恐怖のあまり逃走した。

その姿をクレールは追うが、その移動手段は人のものではない。周囲の木々に髪を巻きつけ、体を引っ張る。宙を舞うがごとく、自在に移動する。障害物など関係なかった。

クレールは一人一人を追い詰め、確実に命を奪っていった。


「はあはあはあ……」

襲撃者のリーダーである男は林の中を走っていた。通信機で仲間に何度か呼びかけるが応答はない。

「な、なんだあの化け物は？　話が違うぞ」

やがて先に小屋が見えた。誰《だれ》も使わなくなった山小屋を襲撃者達は一時的な拠点として使用していた。非常事態には散開し、ここに集まる手はずになっていた。

小屋に入ると中には誰もいない。通信機からは誰の返答もない。

「まさか全滅か」

それでも自分だけは助かった。その幸運だけは喜ぼう。襲撃者《しゅうげきしゃ》は疲れた体を壁に預けると、ふうと一息をついた。

ずぶりと何か鈍い音がした。

「なんだ？」

音のした方向、自分の腹を見て息を呑《の》む。腹から何かが生えていた。いや何と考えるまでもない。それは髪の毛だ。それが小屋の壁を貫通し、背から腹に突き抜けている。

「ぐあああああっ！」

髪の毛が持ち上がり、襲撃者の足が地面から離《はな》れた。

小屋の壁が切り裂かれて崩れ落ちた。その向こうから現れたのは、いくつもの返り血を浴び、赤く染まったクレールだ。美しい亜麻色《あまいろ》の髪はもはや血に染まり見る影もなかった。

「ふふふ、うふふふふふ」

高揚に熱い吐息《といき》をつきながら、笑っている。

「あはははは」

高揚した気持ちが命じるまま、クレールは襲撃者に突き刺した髪を四方に広げた。赤い血と肉の雨が小屋の中に四散した。

脳の奥が痛む。ブレインプロクシの限界を超えた稼働《かどう》が、痛みとなって現れたのだ。

「ふふふ」

それでもクレールは笑っている。高揚した気持ちがおさまらない。それなのになぜか涙がこぼれていた。理由は解《わか》らない。

小屋から引き返そうと、きびすを返した。すると小屋の壁にかけてあった鏡が目に入った。鏡の中には歪《いびつ》な顔で笑っている血まみれの女がいた。

それはクレールの遠い記憶《きおく》を引き起こした。笑いながら人を殺している兵士達《たち》の姿。中には近所の子供達もいた。しかし兵士は笑って引き金を引いた。もう五年も昔の話だ。

その姿が自分と重なった。

「きゃ、きゃああ、あああああっ！」

悲鳴を上げ顔を覆《おお》う。小屋から逃げ出した。しかし逃走は長くは続かなかった。脳の負荷は限界に達し、クレールはそのまま意識を失った。

6

「まるで遺体破棄所《はきじょ》だ」

一夜明け、昨夜の惨劇《さんげき》が陽の下に明らかとなった。それを見て伊達《だて》は暗澹《あんたん》たる気持ちになった。

「戦場でもこんな惨状はなかった」

この任務につく前のことを思い出し、伊達は重いため息をつく。戦場にも目を背《そむ》けたくなるような死体はあった。いや、むしろそれが日常だった。しかし目の前にある死体は、人間同士が殺しあった結果の死体と呼ぶにはあまりに異質であった。

「あのお偉いさん、この現場を見て吐《は》いて帰りましたよ」

同じように吐きそうな顔をした部下の一人が、手で口元を覆《おお》いながら報告する。

「イヴァノフ博士はどうしてる？」

「屋敷《やしき》の部屋の奥にこもりっきりです。早くクレールを探せとわめいています」

「解《わか》った。おまえも屋敷に戻ってくれ」

不幸中の幸いは、町に程近いとはいえ、ここが人気《ひとけ》のない林の中の一軒家ということだった。もしこれがあと１キロも下っていれば、この事件を隠蔽《いんぺい》することは不可能だっただろう。

しかし気になるのは、この家の主だ。あの白いスーツの男は、あれきり姿を消してしまった。こんな事件が起こった今、のこのことここに戻ってくるはずはないのだが、数十名の襲撃者《しゅうげきしゃ》があったにもかかわらず、慌てる様子などどこにもなかった。むしろ悠然とし、楽しんでいるかのような態度だった。

今一度、表札を見る。簡素な木札に三文字、峰島勇《みねしまゆう》とあった。

あれからすぐに、この家の主について調べた。調査結果は平凡な科学者。大学に籍《せき》こそ置いているがほとんど大学にはこない。岸田群平《きしだぐんぺい》という助教授の強い口ぞえで、なんとか大学に籍を置き、学者という肩書きが残っている状態で、これといった研究成果をあげているわけでもなかった。

イヴァノフに見られるような危険思想の持ち主でもないらしく、公安も一切ノーマーク。紙の上では本当にただの変わり者の名もなき学者にすぎない。

しかし昨夜の出来事を一部分とはいえ、目の当《ま》たりにした伊達は、それを鵜呑《うの》みにするなどできるはずもなかった。

――あの男はいったい何者だ？　イヴァノフはあの男に会うために日本に来たのか？

伊達の思案はしかしそこで断ち切られる。

「困ります。一般人は立ち入り禁止です」

声の方向に目をやると部下が一人の男を押し止《とど》めようとしている。

しかし、はたして目の前の男は本当に一般人だろうか。いまだ血肉が散らばる現場では、嘔《おう》吐《と》する捜査員も少なくない。だというのにこの男は顔色一つ変えず、この場に立っている。ましてあくびをしながら周囲を見回すなど、普通の神経の持ち主ではないことは明らかだ。

三十代半ばの和装の男だが、年齢にそぐわぬ奇妙な風格があった。

「いいんだよ俺《おれ》は。いわゆるフリーパスってやつだ」

男は顎《あご》を掻《か》き、ふうんと言いながら周囲を見渡している。押し止《とど》める捜査員達《たち》のことなど気にも留めていない。

「いえ、そういうわけには……」

伊達《だて》が一歩前に出、止めようとすると、

「いいんだ。君は下がっていたまえ」

唯一残った上層部の人間が、その男との間に割って入った。

ということは、大きな権力を持つ人間か。この和装の男性の顔を見、伊達はどこかで見たことがあると記憶《きおく》を探った。

そして記憶の中から一致すると思われる風貌《ふうぼう》を探し当てると、伊達は驚《おどろ》きに思わず声を出しそうになった。

――まさかあの男、真目《まなめ》不坐《ふざ》か？

「まったく困ったことになったよ。何者か知らないが、これほど強硬な手段で妨害してくるとは」

口元をハンカチで押さえながら喋《しゃべ》る政治家は、いまにも吐《は》きそうなくらい真っ青な顔をしている。

「真目家の手を借りてまで亡命させたはいいものの、うわっ！　くそ、嫌なものを踏《ふ》んでしまった。まったく、早く死体を片付けんか。ここであのロシア人に死なれてはもともこもない。そこで重ねて頼《たの》みがあるんだが、この襲撃者《しゅうげきしゃ》達のバックが誰《だれ》だか探ってもらえはしないかね？」

伊達達のような人間など人とすら思わない態度をとるのが常のその政治家は、息子ほどの歳《とし》の真目不坐を前に、口こそ対等なものの態度はへつらうように弱腰なのが透けて見えた。

「別にその必要はねぇよ。誰がやったか解《わか》ってる」

「おお、さすが真目家だね。ぜひ聞かせてくれ」

教えてくれと言わなかったのはせめてもの矜持《きょうじ》か。しかし目の前の若い当主は、

「いんだろ、目の前に」

といとも簡単に答える。

「は？」

議員は最初、何を言われたのか解らなかった。

「鈍いやつだな。だから俺だよ、俺。ここにいる死体はみんな俺のとこんだよ」

そう言って草履《ぞうり》のつま先で死体をつつく。白い足袋《たび》が汚れるのもおかまいなしだ。

「わざわざソ連くんだりから輸入してきたもんの性能見極めようと思って、ちょっとつついてみたんだがな。お互い熱くなりすぎたのか？」

自分の私兵の無残な姿を笑いながら蹴飛《けと》ばし、平然とハハハと声をあげる。

「イヴァノフなんて学者にさほど興味はねぇ。俺が興味あるのは、あの生粋《きっすい》の差別主義者《レイシスト》を日

本に亡命させるにいたった理由」

一転、真目不坐《まなめふざ》は真顔になって峰島勇《みねしまゆう》の表札がかかった家を見た。

「そいつがここにあると睨《にら》んでるんだがな」

足元の惨劇《さんげき》にはもう興味ないとばかりに、ずかずかと不坐は家の中に入った。もう誰《だれ》も不坐を制する人間はいない。

「なんだ、こりゃ？」

真目不坐が峰島勇の家に入って最初の感想がそれだった。

うずたかく積まれた紙の束。何枚かに目を通してみるが、数字以外は文字なのか記号なのかも判別がつかない奇妙なものがびっしりと記されている。

「何千、いや何万枚あるんだ？」

不坐は呆《あき》れて部屋を見渡した。紙以外何もない部屋だ。他《ほか》にめぼしいものといったら、小さな机くらいだ。その上にも意味不明なものが書かれた紙が山のように積まれている。

「暗号化されてるのか？」

どの紙を見ても数字と奇妙な記号の羅列《られつ》。研究が盗まれるのを恐れて、他人には解《わか》らないように書いているのだろうか。しかしその説はすぐに打ち消した。それほど神経質な男なら、こんなに無造作に部屋の中に積みっぱなしにはしないだろう。

「どういうこった？　学者らしい部屋に見えて、そうじゃねえ。何かが足りねえ」

疑問の回答はすぐにはじき出された。

「本が一冊もない……のか？」

不坐は部屋を見渡して、自分の観察が正しかったことを確認した。紙の束《たば》の裏にも本棚にもどこにも、研究に必要な資料や本の類《たぐい》が一切なかった。

「まさか、なあ？」

峰島勇に対するある仮説が生まれる。しかし不坐はそれをすぐに否定したかった。ありえないと思った。しかし真目不坐に備わった天性のカンがある仮説を正しいと言っていた。

「もし、もしそうだとしたら、イヴァノフなんざゴミ同然だぞ」

不坐は初めて冷や汗を流し、つばを飲んだ。しかし同時に笑みも浮かべていた。

「頭の冴《さ》えてる連中を百人、いや三百は必要か。そいつらに解析させるか。数学者に科学者、なによりも解読のスペシャリストの言語学者が必要だな」

こうしてはいられねえと不坐は議員を押しのけて外に出た。しりもちをついた議員は手についた肉片に悲鳴を上げた。

7

クレールの故郷は緑の屋根が綺麗《きれい》な村だった。

冬は長く夏はあっというまに過ぎていく。それでも暖かな村だと感じていたのは、いまにして思えば屋根の新緑が春の息吹《いぶき》を感じさせてくれたからだろうか。

「おねえちゃん」

「あそぼう！」

村はのどかで、どこに行っても子供の笑い声が聞こえてきた。貧乏な村で何もなかったが、心はいつも満たされていた。

面倒見のいい性格のためか、村の人々は子供の面倒をクレールに頼《たの》んでくる。何人もの子供を連れて、村はずれの丘の上に遊びに行くのが、いつしかクレールの日課になっていた。

「おねえちゃんにあげる」

クレールによくなついていた女の子がいた。その子はいつも綺麗《きれい》な花を見つけてきては、クレールの亜麻色《あまいろ》の髪にさしてくれた。

「ありがとう」

「おねえちゃん、きれい。わたしも大きくなったらおねえちゃんみたいになれるかな？」

お礼を言うと、はにかみながら笑う愛らしさが好きだった。

村の外のことはあまり知らない。自分の父が生まれた国《フランス》さえも。隣《となり》の村まで歩いていくには子供の足では遠く、道は険しかった。たまに訪れる旅人の話は、だから未知の世界だった。

いつしかクレールは外の世界に憧《あこが》れた。いつか村の外に出てみたいと思っていた。しかしそれより早く外の世界が村へ侵食を始めた。紛争が起こったのだ。

攻める意味のない村だ。ただ通り道という理由だけで、村は軍隊の襲撃《しゅうげき》を受けた。

命からがら逃げた丘の上から見える村の様子は無残だった。新緑を感じさせる屋根はどこにもなく、代わりに赤々と燃える炎がいくつもあがっていた。

「ああ……」

十五歳になったばかりのクレールは、絶望と恐怖に喉《のど》を詰まらせる。

村の中央を横断する道路を行軍する兵士や戦車。砲撃《ほうげき》の音がいくつも鳴り、そのうちの一つは丘の上の大木に直撃した。クレールの目の前で、生まれたときから毎日見守ってくれた巨木が轟音《ごうおん》をたてて倒壊《とうかい》した。

何も武力を持たない村はものの一時間で占領されてしまった。村の広場に村人全員が集められ、周囲は銃を持った兵士で囲まれた。

ニヤニヤと笑っている兵士もいた。

部隊責任者らしい男が手を上げる。兵士達《たち》が村人達に向かって銃を構えた。両親がとっさにクレールの体に覆《おお》いかぶさった。

腕が振り下ろされた。銃声と兵士の笑い声と村人の悲鳴と子供達の泣き声が、クレールの世界を真っ黒に染めた。

彼女はただただ悲鳴をあげつづけた。

「きゃああああああああっ！」

どこからか柱時計の音が聞こえる。それはクレールの記憶《きおく》にない音だった。

8

「きゃああああああああっ！」

クレールは悲鳴を上げて飛び起きた。

「夢？」

いつも悩まされる悪夢だ。鮮明なのに輪郭だけはぼやけた、ひどい悪夢。最近はあまり見なくなったのに。そのとき脳裏に浮かんだのは、昨夜、鏡に映った自分の姿だ。血に染まり笑い、殺戮《さつりく》を楽しんでいた。

心臓が締《し》め付けられ痛くなる。胸をぎゅっと握り締め、呼吸を整えた。

「ああ……」

自分はあのとき村人を殺した兵士達《たち》と同じだ。叫びたい気持ちを必死にこらえた。叫べばあるいは楽になれるかもしれない。しかし自分にはそんな権利はない。

やがて耳に聞きなれない音色が届いていることに気づく。柱時計の音が聞こえた。深く沈んでいたクレールの意識を現実に引き戻したのは、その音色に違いなかった。

　クレールは音のする方向に目をやり、そこに見慣れない柱時計があることを確かめた。さらに周囲の風景がいつもの屋敷《やしき》ではなく見慣れない場所であることに気づくのに、数秒を要した。日本の家屋らしい部屋だ。

「……ここは、どこ？」

　思わず疑問を口にすると、

「ああ、よかった。目を覚ましたね。ここは僕の家だよ」

　思いもよらず背後から返事が聞こえた。驚《おどろ》いて振り向いてみれば、二十代半ばくらいの柔和《にゅうわ》な笑顔をした男がいた。クレールは布団《ふとん》をひるがえし反射的に飛び起きると、男の胸倉をつかみ床に押し倒す。

「あなたは何者？」

　クレールはロシア語で問い詰めたことに気づき、もう一度日本語で同じ内容の言葉を口にした。そしてとっさに出た言葉が母国語ではなくロシア語であることに哀《かな》しくなった。

「ちょ、ちょっと待ってくれ。へ、へんなことはしてないから、ほんと。嘘《うそ》じゃない。ああ、ええと、外人さんだから、え、英語でなんて言うんだ？　トゥルー、トゥルー？」

　男の日本語は早口でなおかつ慌てているためか、半分以上はクレールに理解できなかった。見たところ無害そうだ。ただし油断はしない。

　クレールは気持ちを落ち着けるために、そして状況を把握するために周囲をよく見渡した。

日本家屋らしいせまい部屋だった。内装も質素でこれといった特徴もない。

——一般人の家？

天井《てんじょう》に近い一角に、木製の小さな棚が見えた。同じく質素だが、何か厳《おごそ》かな雰囲気《ふんいき》を感じた。

クレールの目線に気づいたのか男が説明してくれる。

「あ、あれはね、神棚といって。神様が、って、ああ、こんな日本語解《わか》らないかな？　神棚、神棚、ええとディッス　イズ　ゴッドラック？」

「かみ……神？」

男の英語らしきものは理解不能だったが、日本語のほうはなんとか聞きとれた。神という単語になるほどと思う。あれが日本の宗教の一つかとクレールは納得した。しかし、と同時に疑問を感じる。

神棚につけられたいくつもの傷はいったいどんな意味があるのか。あれは刃物による彫り傷だ。

ただ幸いに男は無害そうだ。どういう経緯で自分が男のもとにいるのか解らないが、最悪の状況ではなさそうだった。

「ど、どいてくれないかな？　どいてくれないと色々と困ることになって」

「困る？　困るとはどういうことですか？」

訂正。男はやはりどこか怪しかった。

「うーん、一言で言うと目のやり場？」

男は一瞬《いっしゅん》だけクレールに目をやり、すぐにそむけた。クレールは男の視線を追って自分の体を見る。そして目のやり場に困るという意味を理解した。

クレールは何も身につけてはいなかった。しいて身に着けているといえば肩にまかれた包帯と下着のみ。

「あっ」

慌てて布団《ふとん》のシーツを引っ張り、くるまって体を隠す。羞恥《しゅうち》で顔が熱くなった。

「て、手当てするのにどうしても。ごめんよ。服はちょっとね。洗っても使えなさそうだったから」

部屋の隅には血がこびりついた服がたたんでおいてあった。今度は顔が青くなる。血まみれの服を見られたのは、この男が何者であれまずい。

「ああ、それで、今はこんなものしかないんだけど」

そう言って男が差し出したのは男物のシャツだ。

「は、はい」

男が背を向けている間、クレールはシーツにくるまったまま、傷の痛みをこらえなんとかシャツを身に着ける。男物はやはり線の細いクレールには大きく、肩が半分ずりおちてしまう。

「やあ、よく似合ってるよ」

いったいどこまで本気なのか。クレールはなかば諦《あきら》めたため息をついて、ずりおちそうな肩を直すのだった。

男は血のついた服について何も聞いてこなかった。それだけではない。銃創《じゅうそう》を手当てしたにもかかわらず、それについても何も聞いてこなかった。弾は貫通していた。貫通していれば心得のある人間であれば手当てはさほど難しくない。ガーゼと消毒液に化膿《かのう》止めと解熱鎮痛剤《げねっちんつうざい》があれば事足りる。

しかし日本で銃は民間人には縁遠いもののはずだ。この男はみかけによらず医者か何かで、倒れていた自分をほうっておけなかっただけなのだろうか。

「体、大丈夫《だいじょうぶ》？　いちおう肩の傷は手当てしておいたけど」

肩は動かすと痛いが我慢《がまん》できないほどではない。立ち上がり何歩か歩いてみる。どこも問題はなかった。

立ち上がって神棚を見ると、先ほどは見えなかったものが置いてあることに気づいた。

——あれはなにかしら？

なぜか気になった。

「よかった。大丈夫そうだね。でも、まだちょっと目の毒かな」

シャツ一枚では上半身は隠れても、下はふとももの半分も隠れない。

「あっ！」

クレールは慌ててすそを引っ張りながら座ると、再びシーツにくるまった。

「し、下も貸していただけでないでしょうか？」

「いま適当なの探してくる。待っててくれ」

男は部屋から出て行った。

男がいなくなると神棚の上にあったものが気になった。男の気配を探りながらそっと立ち上がって神棚の上を覗《のぞ》いた。

無骨《ぶこつ》な木鞘《きさや》の小刀だった。好奇心に負けてクレールは神棚から小刀を手に取った。思ったよりも重い。

手の中でしばらく小刀を眺めていた。抜きたいという衝動《しょうどう》に逆らうことができず、クレールはゆっくりと小刀を抜こうとする。

「その小刀には神様が宿ってる。いやもっとたちの悪いものかな。どっちにしても鳴神尊《なるかみのみこと》はむやみに抜いていいものじゃない」

男の声が突然聞こえてきた。驚《おどろ》いて振り向くと、すぐ真後ろに男がにこやかな笑顔で立っていた。

「す、すみません。そういうつもりではなかったのですが。この小刀は鳴神尊というのですか？」

「ご大層な名前だろ。ズボン持ってきた。ためしにはいてみてくれない？」

男はズボンを渡すと同時に鳴神尊《なるかみのみこと》を受け取ると、神棚に戻す。神棚につけられている傷はもしかしたら鳴神尊でつけたものなのだろうか。

「ああ、そうそう僕の名前言ってなかったね」

クレールがズボンをはいている間、背を向けている男が言った。

「蛟《みずち》、真目《まなめ》蛟。変な名前だろ？」

9

少し眠りたいと言うと、蛟はまた部屋を出て行った。

状況を早めに把握し、イヴァノフのもとへ戻らなければならない。そのためにまず家の中を捜索することに決めた。

しかし捜索といってもお世辞にも広い家ではない。最初に大きな引き戸を開けると庭が見えた。庭の向こうは垣根の低い塀《へい》があり、その先で洗濯物《せんたくもの》を干している女性と目があった。

「あら？」

三十歳前後の女性はしばらくクレールを無遠慮《ぶえんりょ》に眺めたかと思うと、素《す》っ頓狂《とんきょう》な声をあげる。

「あらあらあらあら、やだー！　朴念仁《ぼくねんじん》だと思っていたけど、なんとまあこんな綺麗《きれい》な外人さんを連れ込むなんて、やるもんねぇ」

「いやいやいやいや、違うんです。違います」

蛟は突然現れると慌てて手を振って、女性の言葉を否定した。

「こ、これはですね。ただちょっと拾ったというか、落ちていたといいますか」

「いいのよ。いいのよ、照れなくても。隣人《りんじん》のよしみで黙《だま》っておいてあげるわ」

男物のシャツとズボンを着ていたら誤解されてもしかたないだろう。女性は意味深な笑い方をすると家の中に消えた。

「まいったなあ。完璧《かんぺき》に誤解された」

「申し訳ありません」

「いや君があやまる必要はないよ。でも明日には町内全部に広まってるなあ」

そう言って蛟は困ったように頭を掻《か》く。その様子はなぜかクレールを安心させた。


「子供の声？」

クレールは庭を横切って裏庭のほうへ歩く。まだ体はふらつくが移動するのに問題はない。

裏庭に出ると、垣根の向こうの小さな広場で子供達《たち》が遊んでいた。

「ああ、裏は公園なんだ。ちょっと子供の声がうるさいかもしれないけど、我慢《がまん》してくれよ」

「おっちゃんおっちゃん」

子供が蛟《みずち》に向かっておもちゃのピストルで撃《う》つまねをする。

「うっ、やられた」

男は大げさにうめくと、ばたりと地面に倒れてしまう。そんな様子をクレールは冷ややかに見つめていた。

子供達《たち》がクレールに気づき、好奇心旺盛《おうせい》の表情で眺めはじめた。

「すげえ、外人だ、外人だ」

「でも金髪じゃねえぞ。外人なら金髪だろ」

「ばーか、違うよ」

子供達がクレールの周りに集まる。

「なあ、この外人のおねえちゃん、おじちゃんの恋人か？」

「ちゅーしろ、ちゅー」

子供達が二人の周りで騒《さわ》いだ。

「ば、ばか言うな。はは、すみません。なにしろ子供の言うことですから」

蛟は顔を赤くして照れて、子供達の笑い声が聞こえてくる。

国は変わっても、場所は違っても、時が過ぎ去っても、子供の無邪気な笑い声は変わらなかった。

「ねえ、おねえちゃん」

クレールの指を弱々しくつかむ力があった。まだ四、五歳の女の子だ。

「おねえちゃん、とっても綺麗《きれい》。どこからきたの？」

「私は……」

私の国はもうない。何もかも置いてきてしまった。もう戻れないのだ。

「ああ、差し支えなければどこの国の人か教えてくれませんか？　色白だし北欧のほうかな？」

クレールは男の顔を見る。最初に目を開いたときと同じ、柔和《にゅうわ》で無防備な笑顔だ。

「……私の国は、もうありません」

クレールは目をそむけて答える。語尾が震《ふる》えていた。

そらした顔のほうに女の子がいた。

「これあげるね」

そう言って花を差し出してきた。

「私に、ですか？」

目線を合わせるためにかがむと、女の子は背伸びをしてクレールの髪に花を飾った。

「おねえちゃん、お花より綺麗！」

女の子は無邪気に笑う。その笑顔が五年前の笑顔と重なった。

「あ、ありがとう……」

クレールは涙がこぼれそうになって、うつむいてしまう。体の震《ふる》えは止まらなかった。置いてきたはずの感情が湧《わ》き上がってくる。地面がぼやけた。ぼやけた地面に水滴がいくつもこぼれる。

「おねえちゃん？」

クレールは祖国から遠く離《はな》れた大地で、死んでしまった家族や子供、村の人達《たち》を想《おも》い、ひっそりと泣いた。

クレールが泣いていると、誰《だれ》かがそっと抱きしめてくる。

「我慢《がまん》して泣くのはよくない」

蛟《みずち》の声が耳元でした。背中をなでる手が優しかった。子供達の無邪気な声を聞いた。隣人《りんじん》との気軽な世間話を聞いた。蛟という男の素朴な言葉が胸にしみた。何年も忘れていた人の優しさにふれた。どれがきっかけだったのだろう。

「う、うわああああああっ！」

クレールはついに声を出して泣いた。泣いている間、蛟はずっと優しく抱きしめていた。

10

「落ち着いたかい？」

「……はい」

　クレールは赤くなった目を見られないように、顔をそむけて返事をする。蛟は深く追求しようとはしない。

「恥ずかしいところを見せてしまいました。でも……」

　顔をそらしたまま、目線だけを蛟に向ける。

「初対面の女性を抱きしめるなんて、大胆なんですね。それにとても手馴《てな》れた感じがします」

「あれ？　俺《おれ》、責められてる？」

「いいえ、率直な感想を言ったのです」

「泣いている人を落ち着けるには、人の体温が一番いいらしいって、こないだテレビで……」

「いい訳じみています」

　蛟はまいったと言わんばかりに肩をすくめる。

「白状するよ。下心はあった。美人さんを抱きしめられる機会なんて、そうそうないからね。いまも心臓はばくばくいってる」

「本当ですか？」

 クレールは疑いの眼差しを向けて、顔を寄せ蛟の胸に手を置いた。

「あ、うん……ほら」

 蛟の反応がおかしい。そう思ったときクレールは自分こそが大胆に男の体によりそっているのだと気づき、

「あっ、わっ、きゃっ！」

慌てて蛟を突き飛ばした。

「いや、いいんだけどさ、いまの場合俺《おれ》が突き飛ばされるのはどうしてなのかな？」

「ご、ごめんなさい。気が動転してました」

蛟は穏《おだ》やかに笑って手を振る。

「いや、それだけ元気ならいいよ」

蛟はズボンの汚れを払いながら立ち上がると、

「花に何か特別な思い入れがあったのかい？」

「え？」

「ほら、花を見て泣き出したから」

泣き出したという表現が、どうも子供扱いされているようで少しばかり不満だったが、クレールは素直に答える。なぜか答えることができた。

「はい。昔を思い出してしまって。あの花ではないのですが、状況が似ていたもので」

「そうか。君の故郷の花？」

「はい、花の名前は……」

クレールはそこで言葉に詰まる。なぜか花の名前が出てこなかった。

「どうしたの？」

「いえ、花の名前が思い出せなくて」

「いま無理に思い出さなくてもいいよ」

「でも……」

大切な想《おも》い出の花の名前だ。忘れるはずがない。

——どうして思い出せないの？

クレールの中に小さな不安が広がる。大切なことが思い出せない。そこでクレールはもう一つ大切なことを忘れていたことに気づいた。自分はいまこんなところで、のんびりしているわけにはいかないのだということに。

「あっ！　いけない、わ、私は急いで戻らなくてはなりません」

「ああ、それなら」

蛟が体を気遣いタクシーを呼んでくれようとするのを断り、駅までの道を教わると、クレールは慌てて出て行こうとする。

「ちょっと待って。君は何も持ってなかったじゃないか」

そう言って、クレールが着ていた衣類をまとめた袋と一万円札をクレールに渡した。

「すみません、本当にありがとうございます。いずれ改めてお礼に参ります。それでは」

クレールは蛟《みずち》が教えた道を急いで走っていく。

「意外とあわてんぼうだなあ」

曲がり角で電柱にぶつかっているクレールを見て、蛟はおかしそうに笑った。


なんて穏《おだ》やかな眼差《まなざ》しなんだろう。男のまとう雰囲気《ふんいき》はどこか故郷を思い出させた。

あまりにも穏やかな人柄で、自分とは正反対だった。

なのになぜだろう。

あの男から自分と同じ濃い血の臭《にお》いがしたのだ。

屋敷《やしき》には無事たどり着いた。途中で蛟から借りた服も着替えて、元の服装に戻っている。

玄関で最初にクレールを出迎えたのは伊達《だて》だ。厳しい眼差しでクレールを見ていた。

「無事だったか。しかしそれなら連絡の一つもよこしてほしい」

敬語が多かった伊達だが、このときばかりは違った。

「はい」

「それと殺しすぎだ。君達《たち》の行動はある程度は治外法権的な扱いになるだろう。正当防衛でもある。しかしやりすぎだ」

「わかりました」

硬質な態度のまま、クレールは伊達の横をすり抜けようとする。

「怪我《けが》をしているなら、医務室に行って治療《ちりょう》してくれ。肩を撃《う》たれていたでしょう。それと、ん？　額の怪我は真新しいですね。大丈夫《だいじょうぶ》か？」

「敵はどこにでも潜《ひそ》んでいるものです」

クレールは冷ややかに笑うと、屋敷に一日ぶりに戻った。

11

不坐《ふざ》が峰島《みねしま》の家に行ってから数日後。

「報告を聞こうか？」

解析チームのリーダーは緊張《きんちょう》した面持《おもも》ちで、峰島勇《ゆう》の記したものの解析報告を始めた。

「あれは、とんでもない代物《しろもの》でした」

「ほう、どんな代物だっていうんでえ？」

「古代インドで発明された0という概念《がいねん》は、数学の革命だったと思います。アインシュタインのE＝mc^2、人類の至宝と言われるオイラーの等式の美しさは筆舌に尽くし難《がた》く……、あ、いえ、失礼しました。私が言いたいのは解読されたメモの中からいくつもそれらに匹敵するものが見つかったということでして」

「ふん、それで？」

「私がもっとも驚《おどろ》いたのはゼロ除算の証明です。数学的にありえないはずの0による割り算をクリアしているんです。これは数学の常識を根本から覆《くつがえ》すものです！」

不坐《ふざ》の前にもかかわらず、解析者は興奮《こうふん》した口調で説明を続けた。

「他《ほか》にも大統一理論をほぼ完成させていました。それも統一の順番がおかしいんです」

しかしここで解析チームのリーダーは声のトーンを落とした。

「でもとても凡庸《ぼんよう》な数理論理学を書いていたりもするのです。ゼロ除算を成立させる証明式と、中学生でも知っているパイと、ほぼ同列にして悩んでいるのです」

不坐は途中で言葉を遮《さえぎ》った。

「なぜやつは従来の数式記号を使わなかったと思う？」

「それは……」

言いよどむ。おそらくそれは不坐が峰島勇《みねしまゆう》の部屋で感じた説と一致するからだ。しかしそれはありえないと理性が邪魔《じゃま》しているからだろう。

「どうした？　遠慮《えんりょ》なく言えや」

「し、知らなかったからです」

「何をだ？」

「数学や物理学の文法をです。唯一0から9までの算用数字は知っているようでしたが、それ以外はまるで知らなかった。でもそれでは……」

「間違っちゃいねえよ」

本が一冊もなかった部屋を思い出して、不坐は断言する。

「あの男は何も知らなかった。何も知らない状態から自分の頭で考えて、人類が何千年もかけて積み上げた数学や科学、物理学の歴史の研鑽《けんさん》を、三十年もねえ人生と紙と鉛筆だけでやっちまったんだ。いや追い越したのか」

それに比べればイヴァノフは長年築かれた数学や科学の歴史の上にちょこんと乗っているだけの存在にすぎない。

「あいつが歴史的にやった偉業はただ一つ。俺《おれ》と峰島勇って男を会わせたことだな」

12

「わしはしなければならない用事がある。今日一日はおまえの好きにしろ」

イヴァノフがクレールに珍しく暇を出した。イヴァノフのもとにきて何年か経過したが、その間休みをもらったことなど片手で数えるほどしかない。まして今は非常事態、襲撃《しゅうげき》も三度受けている。護衛として常に自分をそばに置いておきたいはずだ。

「よろしいのですか？」

信じられずクレールは問い返した。

「いい。今日はわしについてくるな」

突き放すような言い方だ。しかし眼の奥にあるのは隠しきれない怯《おび》えの色。先日の暴走以来、イヴァノフはクレールを心のどこかで恐れるようになった。

おそらくそれはクレールが見せた残虐性《ざんぎゃくせい》ではない。どちらかというと感情の暴走、制御しきれないブレインプロクシの不完全さであった。

しかしクレールが抱いた感情はまるで別だった。

感情を暴走させ、襲撃者を残虐な方法で殺したことは、いまも心に深く傷を残している。同時に自分はやはり人形なのだと、人形でなければならないのだと自分に言い聞かせるようになった。

「では行ってくる」

イヴァノフが杖《つえ》をついて部屋を去っていく。その後ろ姿はどこか寂しげだった。

イヴァノフが去り、クレールは廊下の真ん中で途方にくれた。

思いもよらず一日が空《あ》いた。いわゆる休暇だ。しかしクレールは何をしていいか解《わか》らない、何も思いつかない。

「……ああ」

情けないことに口からこぼれるのは嘆息だ。自分は本当に何もない人間なのだと思い知らされる。

「どうかしましたか？」

いつのまにかそばに伊達《だて》がいた。驚《おどろ》いて飛びのくと、伊達は呆《あき》れたように肩をすくめる。

「あなたみたいなスーパーウーマンに警戒されるのは、どうも居心地が悪いんだが」

「いえ、他意はありません。少し驚いただけです」

クレールは取り付く島もなく去ろうとした。しかしすぐに足を止めて、伊達に向き直る。

「相談したいことがあります」

「私でよろしければ？」

今度は伊達が驚く番だった。まさかクレールから相談事を持ちかけられると思わなかったからだ。

「休暇のすごし方についてです」

「は？」

クレールはある意味、この屋敷内《やしきない》で一番聞いてはいけない人物に聞いた。伊達《だて》は四六時中仕事の事しか考えていない人間だ。休暇の使い方はクレールと同じか、それ以上に下手かもしれない。

「あなたは休みの日、どのようにすごされてますか？」

「どういうふうにって言われても。掃除、洗濯《せんたく》、あとは……おろそかになりがちな手紙の返事、世話になっている人への礼状などですね。あまり参考にならないと思いますよ」

「……礼？」

しかしクレールは緑の瞳《ひとみ》を輝《かがや》かせた。

そうだ。自分は何を迷う必要があったのだろう。

13

インターホンのボタンを押した。家の中からチャイムの音が聞こえてくる。クレールはしばらく玄関先で待った。しかし中から誰《だれ》かが出てくる様子もない。

周囲を見渡し、家をよく見て場所が間違っていないことを確認する。日本の家屋はあまり区別がつかない。道路をはさんで小さな公園がある。目的の家は素朴を通り越して質素だ。間違えてはいないと思う。

表札は出ていなかったが、男の名前はたしか真目《まなめ》蛟《みずち》。自分はただこの前、命を助けてもらった礼と、借りた衣服とお金を返すためだけにきたのだ。

夕暮れ時の中、クレールはもう一度インターホンのスイッチを押した。屋敷《やしき》を出たのは昼前。距離《きょり》にして片道一時間、ならばどんなに遅くとも昼過ぎには到着するはずであった。

理由は解《わか》っている。慣れない土地で慣れないことをしようとしたため、思いのほか時間がかかってしまったのだ。スーパーマーケットでの食料品の買い物は難儀《なんぎ》した。置いてある食材はソ連と違って驚《おどろ》くほど色彩に溢《あふ》れ棚からこぼれそうなほどに充実しているが、それゆえにいろいろと迷ってしまうのだ。さらに食材の形で判別できるものはいいが、そうでないものを探すのは手間取った。

「まいりました」

両手で持っているパンパンに張ったビニール袋を持ち直す。

一度目と同じく、玄関から誰も出てこようとはしなかった。

自分は馬鹿《ばか》だ。アポイントメントもなしに会いにきては留守の可能性だってあるだろう。まして自分は相手の生活を知らないのだ。

肩を落とし帰ろうとする。

「あらあらあら」

聞き覚えのある声に振り向くと、以前この家で会った隣人《りんじん》の女性だった。最初に会ったときと同じように無遠慮《ぶえんりょ》にクレールのことをじろじろと見ている。とくにクレールが手に持っているビニール袋と内容物に興味を示した。

気恥ずかしくなったクレールは背の後ろに隠す。

「ふふん、もう見ちゃったわよ。女の武器その一ね」

妙に勝ち誇った顔だった。

「そういうわけではありません。この前のお礼にと……」

「まったくあの朴念仁《ぼくねんじん》は、物書きだとか言って、いつも引きこもっているのに肝心な時にいないのかしら？」

クレールの言い分は聞いていなかった。

「そのようです。出直してきます」

クレールは一度お辞儀《じぎ》して、立ち去ろうとする。

「ああ、大丈夫《だいじょうぶ》大丈夫よ」

女性はクレールを呼び止めると玄関脇《わき》にある植木鉢を持ち上げた。その下にあったキーで玄関の鍵《かぎ》を開けると、がらりと戸を引いた。

「ほら、これで入れるわ」

「い、いいのでしょうか？」

「いいのよ。女を待たせているほうが悪いんだから」

断言されてしまった。

「いいっ!?　私はあなたに甘えたがっていますってオーラを出すのよ!」

「え?　え?」

「ああいう鈍感な男にはね、ストレートに迫ったほうがいいのよ。あなたみたいな美人だと逆に男は尻込《しりご》みしちゃう情けない生き物なんだから。既成事実は何度でも作ってしまいなさい!」

「え、あの、その、そんなんじゃありません」

クレールは女性から逃げるように蛟《みずち》の家に入っていった。

「ふう」

部屋の中で一息つくと、クレールは熱くなった顔をさますために手であおぐ。

ふいにいま自分がどれだけ平和な時間をすごしているのか気づき切なくなった。あの村で戦争が起こらなければ、こうした出来事が日常として続いていたのだろう。

「さてと」

クレールは気を取り直して、ビニール袋の中味を整理し始める。どうせなら蛟が帰ってくる前にすべて終わらせてしまいたい。エプロンを出すと身に着けた。

部屋の中の様子はこの前とほとんど一緒《いっしょ》だった。

ただ一つだけ違うのは、神棚に上に置いてあるはずの鳴神尊《なるかみのみこと》と呼ばれる小刀がなかった。

蛟《みずち》が家に帰ると、なぜか家の明かりがついていた。

「消し忘れたかな？」

首を傾《かし》げて玄関の鍵《かぎ》をまわそうとすると、なぜかすでに開いていた。

「閉め忘れたかな？」

家の中に入ると、なぜか美味《おい》しそうな料理の匂《にお》いが漂ってきた。さすがにこればかりは何も理由が思いつかない。

慌てて台所に行くと見慣れない、しかし忘れられない後ろ姿があった。

「あっ、君は？」

エプロン姿と縁遠そうに見えて意外と似合うクレールが振り返った。

「お帰りなさい」

スリッパの音を立てながらクレールは蛟に駆け寄る。蛟にはまるで見覚えのないウサギのスリッパだ。エプロンの絵柄でもウサギが跳ね、飾り耳までついている。クールなたたずまいと相反して、趣味《しゅみ》は子供っぽいらしい。

「すみません。勝手にお邪魔《じゃま》していました」

「いや、いいんだけど。よく入れたね？」

「はい。隣人《りんじん》の女性が入れてくれました」

「ああ、やっぱり高橋《たかはし》さんか」

苦笑するしかなかった。

「ウサギ好きなの？」

「え？　いえ、そういうわけではないですが。でも、愛らしいと思います」

それを好きというのではないだろうかと思ったが、あえて口にはしない。感情の表現がへたな娘だ。無表情が多いのはそういうわけもあるのだろうか。

「可愛《かわい》いと思うよ。ウサギの耳とかね。今度つけてみたら」

「いやらしい男性が、いかがわしいものを好きなのはどこの国も変わらないのですね」

冷たい眼差《まなざ》しだけは、異様にうまかった。

「お、美味しそうな匂いがするね。りょ、料理作ってくれてるの？」

蛟のあからさまな話題のそらし方に、クレールはやや不満そうだったが、

「はい、この前はろくにお礼もできませんでしたので」

と素直に答えた。

「気にしなくていいのに。それで何を料理してるのかな？」

「ザクースカです。……と言っても解《わか》りませんか？　オードブルの盛り合わせのことです。それとスープはボルシチです。本当はシチーのほうが得意なのですが、日本人はボルシチのほう

が馴染《なじ》みがあるようでしたので。メインは肉料理です。故郷の料理なので、正式な名前はありません。あったかもしれませんが私は知りません。最後のデザートはブルヌイと言います。これは少しばかり自信があります」

淡々と説明する姿は何かのガイドのようであった。

「では続きをしますので、テーブルで待っていてください」

クレールは台所に戻ると、料理を再開する。亜麻色《あまいろ》の髪を揺らしながらリズミカルに料理をしている。小声で何かを歌っている。知らない国の言葉だった。

「初めて会ったときは、なにやらめちゃくちゃ怪しげでおっかない女の人だと思ったんだけどさ」

「あのときは失礼しました。きっとウサギの耳でもつけていれば、少しは怖さを軽減できたでしょうか？」

意外と執念深かった。

「ああ、いやいやいや。ただ今の君と比較してさ。なんか思ったよりもずっと家庭的なんだなって」

ふいをつかれたのか、クレールは喉《のど》に息をつまらせたまま数秒返答できなかった。

「わ、私は家庭的ではありません。私ほどか、家庭と無縁の人間もいないでしょう」

リズミカルな料理の音が急に騒《さわ》がしくなる。具体的に言うと、何かをひっくり返したり、皿を割ったりしていた。

「そう？　でも楽しそうに料理してるじゃない？」

あえてそのことは目をつむり、蛟《みずち》は会話を続けた。

「へ、へんなことは言わないでください。あっ、鍋《なべ》が！」

これ以上何か言って料理を無残なものにしないため、蛟はおとなしく待つことにした。


夜もふけた。

食事は文句なしに美味《おい》しかった。食事中は料理をさかなに会話がはずんだ。

自信があると言ったブルヌイというデザートを食べているときは、一番盛り上がった。しかしデザートを食べ終わり、後片付けをすませると、終電の時間がもう間近だった。

それでも二人は会話を続けようとした。しかし一度生まれてしまった気まずさはなかなか元に戻らない。

場が持たなくてテレビをつけるが、要人暗殺のニュースが流れ、場の雰囲気《ふんいき》はますます硬くなってしまった。

クレールはそろそろ屋敷《やしき》に戻らないといけないギリギリの時間であることに気づき、そのむねを伝えると、

「あ、ああ美味《おい》しかったよ。ありがとう」

蛟《みずち》からはあっけない返事しかなかった。もっと別の言葉が欲しかったが、しかし蛟からそれ以上の言葉を望むのは無理だと、半ば察していた。ではクレール自身どういう言葉が欲しかったのかと問われれば、返事に窮《きゅう》するのだが。

「それでは失礼します」

「気をつけて帰るんだぞ」

別れの挨拶《あいさつ》もそっけない。クレールは重い足取りで岐路に着く。ふいに自分の帰りの荷物が予定より多いことに気づいた。

「どうかしていました」

手に持っている袋の中には前回借りた服が入っている。クレールはいま来た道を引き返して、蛟の家まで戻った。

閉め忘れたのか、玄関は開きっぱなしだった。

「蛟さん？」

クレールが家の中を覗《のぞ》く。神棚の前に蛟の背中が見えた。声をかけようとして、言葉に詰まった。クレールが知っている蛟からは想像ができないほど、すべてを拒絶していた。

——あれは？

蛟が手に持っているのは鳴神尊《なるかみのみこと》だ。鞘《さや》を半ばまで抜いて、刀身をじっと見つめている。思いつめている表情だ。

やがて刃で神棚に傷をつける。傷の数は二十一になった。

鳴神尊を鞘に収める。収めた姿勢のまま、じっとしていた。その背中は泣いているように見えた。


——失敗したな。

蛟は後悔していた。クレールには自分の、真目家《まなめけ》の仕事を知られたくなかった。知られてはまずかった。

まさか今日クレールが来るとは思わなかった。よりにもよって仕事があった日だというのに。ましてテレビで自分の仕事の結果が流されたときは、とっさのことで言葉を失ってしまった。

「いままでこんなことなかったんだけどな」

そう言って頭を掻《か》いた。

神棚を見上げる。仕事のたびに傷をつけていった。兄である不坐《ふざ》より何回も暗殺の依頼《いらい》を受け、成功するたびに増えた傷だ。その数はついに二十を超えてしまった。

唇を噛《か》む。

これは真目家に生まれた人間の運命なのだと諦《あきら》めて受け入れるしかなかった。

「蛟《みずち》さん」

ふいに後ろから声がした。誰《だれ》かが後ろから自分を抱きしめた。声と体にまわされた白い手は見覚えがある。よく知っている。

「帰ったんじゃなかったのか?」

「そのつもりでした」

蛟の体を抱きしめるクレールの腕に力がこもる。

「泣いている人を慰《なぐさ》めるには抱きしめるのが一番だと言ったのはあなたです」

「泣いてないさ」

「背中は泣いていました」

クレールの手を握る。細く冷たい手だった。二人は時を忘れたように、そのまま夜が明けるまでお互いのぬくもりを感じていた。

14

何本もの髪が宙を舞う。

「ふっ!」

クレールの鋭い息とともに襲撃者達《しゅうげきしゃたち》の手から銃が奪われる。同時に手足の自由を奪い、ほぼ十人近い人数を一気に無力化した。全員がもう動けないと確認すると、クレールは頭の後ろのケーブルを引き抜いた。

屋敷《やしき》の護衛と伊達《だて》が走ってくる。

「こちらの襲撃者は全員撃退しました」

「ああ、こちらもなんとか防いだ。しかし……」

十人近い襲撃者が全員身動きができない状態で転がっている。これだけの人数を一瞬《いっしゅん》で倒したクレールの力量も恐れ入るが、伊達が一番驚《おどろ》いたのは全員がほぼ無傷で生きていることだった。過去クレールはすべての侵入者をことごとく殺してきた。

伊達はクレールの顔をまじまじと見る。

「どうかしましたか？」

硬質な表情と凛《りん》としたたたずまい。その印象は最初から変わらない。ただ最近はそこに優しい女らしさが加わったように思える。それが気のせいでないのは、襲撃者への対処法を見ても明らかだった。

「変わりましたね」

「……かもしれません」

そう言ってクレールは珍しく表情を和《やわ》らげる。

「それでは私は博士のもとに戻ります」

颯爽《さっそう》と去る後ろ姿にも、女らしさがにじんでいた。

「どういうつもりだ？」

イヴァノフは不機嫌な顔だった。

「何がでしょうか？」

「なぜわしを殺しに来た人間を抹殺《まっさつ》せん？　万が一、ここまできたらどうするつもりだ？」

「大丈夫《だいじょうぶ》です。最近はここの警備も厳重に……」

最後まで言えず、クレールの顔が横にとんだ。イヴァノフが杖《つえ》で顔を思い切り殴《なぐ》ったためである。

「勘違いするな。おまえはわしを守るためにここにいるのだ。それを忘れるな」

「ですが」

頬《ほお》を赤く腫《は》らしたクレールは反論しようとした。

「村が無事なのは誰《だれ》のおかげだと思っている？」

クレールの顔が一瞬《いっしゅん》にして青ざめる。

「博士の……おかげです」

「そうだ。それを忘れるな。わしが死ぬのはおまえの村が死ぬのと同義なのだぞ。殺せ、殺せ、情など捨てろ！　わかったな！」

「……はい」

クレールはうつむき唇を噛《か》んだ。ただ無性に蛟《みずち》に会いたかった。

15

真目《まなめ》不坐《ふざ》が歩いている。片手には鉄紺色の風呂敷《ふろしき》に包まれた日本酒。不坐が日本酒を持って出かけるときは、一つの意味が含まれていた。

不坐が足を止めたのは質素で平凡な家だった。

チャイムを鳴らしてしばらくすると玄関の扉が開き、男が姿を現した。

「よう」

不坐は酒瓶《さけびん》をかかげ気安く話しかける。不坐と男はどことなく似ていた。

「仕事か」

鳴神尊《なるかみのみこと》の継承者、真目蛟は日本酒の瓶に目をやりその意味を察した。

「セルゲイ・イヴァノフを殺せ」

理由は告げない。蛟も問わない。不坐が求めるのは結果のみ、蛟が応《こた》えるのもまた結果のみだ。

ただその日、依頼《いらい》を受けた蛟《みずち》の表情が少しだけ動揺した。標的の資料の中に見知った女性がいたのだ。

「どうした？」

「いや、なんでもない」

きわめて平静を装《よそお》い、蛟は依頼を受けた。

16

その日、小刀を持った暗殺者が一人、イヴァノフの屋敷《やしき》に訪れた。

「何があった？　応答しろ！　A班B班C班、くそっ！　どの班でもいい応答しろ！」

伊達《だて》の叫び声もむなしく、通信機からの応答は一つもなかった。

「くそっ！　屋敷の外の護衛班は全滅か!?」

屋敷内の護衛班にも数に限りがある。相手の人数も解《わか》らない。伊達の打つ手は限られていた。

「屋敷内の警護を固めて、増援を待つか？　いや、しかし……」

伊達が苦悩していると、一人の美女が姿を現す。

「私が行きましょう」

「え？　おい、待て！」

伊達が返事をする前に、クレールは屋敷の外へ向かって歩き出した。

クレールは待った。
霧《きり》の向こうから人が歩いてくる。風に乗って先に運ばれてくるのは、むせるような血の臭《にお》い。ここに来るまでいったい何人の人間を殺したのか。

「私と同じね」
いったい殺戮者《さつりくしゃ》のどこを自分は非難できるというのか。イヴァノフに命じられるまま、大勢の人間を始末してきた。無関係な人間や女子供こそ、決して殺さなかったが、それがいったいなんの慰《なぐさ》めになるというのか。

クレールは首の後ろに手をやる。硬い金属の感触が変わらずそこにあった。安堵《あんど》と嫌悪《けんお》。これは命綱《いのちづな》であり、忌《い》まわしい呪《のろ》いでもある。

霧に浮かぶ殺戮者のシルエットが明確な輪郭を形作る。霧がなければおたがいの顔が確認できる距離《きより》だ。相手もすでに自分を視認しているだろうが、歩みに変化はない。落ち着いていた。血の臭いさえなければ、霧の林を散歩しているかのように穏《おだ》やかであった。

襟《えり》の裏にあるケーブルに指をかけた。戦闘《せんとう》開始ぎりぎりまでは接続しない。限界時間が一番の理由だが、決して理由はそれだけではない。接続のさいに起こる高揚感と苦痛に酔う自分が嫌いだった。さらに記憶《きおく》の欠落と理性の崩壊《ほうかい》は徐々に酷《ひど》くなってきていることが、恐ろしくてたまらなかった。

足音が止まる。霧《きり》が相手の容姿を覆《おお》い隠している。

——なに？

いままで感じたことのないざわめきを心の奥に感じ取った。恐怖でもなく嫌悪《けんお》でもなく、この人間とは戦いたくないと感じていた。

風が吹く。強い風に亜麻色《あまいろ》の髪は大きくなびき、霧がさーっと流れる。クレールと殺戮者《さつりくしゃ》の間を阻《はば》むものはなくなった。

クレールの瞳孔《どうこう》が大きく開いた。ケーブルに指をかけていた手が力なく落ちる。

「……嘘《うそ》です」

真目《まなめ》蛟《みずち》が敵であることを彼女は初めて知った。

17

「嘘、ですよね？」

クレールはもう一度繰《く》り返す。

蛟は何も答えなかった。ただ黙《だま》ってクレールを見返す。

「まさかあなたが、そんなはずあるわけないではないですか。たまたま道に迷って……。そう、そうですとも。こんなところに迷い込んでくるなんて。とてもあなたらしい。あなたらしいですが、時と場合を選ばないと、のん気な性格も少し、その、腹立たしくなるときが……」

「クレール」

感情のない冷たい一言がすべてを遮《さえぎ》る。クレールは唇を嚙《か》み、蛟からそして現実から目をそむける。体は震《ふる》えていた。二の腕をつかむ指が皮膚《ひふ》に深く食い込み、血がにじみ出た。

「こ、これは何かの間違いです。そうに違いありません」

「本当にそう思っているのか？」

蛟の言葉はあくまでも冷たかった。ぬぐいきれない血の臭《にお》い。それがどこから漂ってくるのか理解しているクレールは、それでも必死に感情で否定する。

「いいえ、いいえ、ありえません！　私達《たち》は偶然出会って、偶然少しは親しくなって……」

「偶然？」

蛟は初めて表情を変化させた。クレールがよく知っている、人を安堵《あんど》させる優しい笑顔ではなかった。人をあざける笑い方だ。

「本当に偶然だと思っているのか？」

クレールの表情が強張《こわば》る。いままで信じていたものが、足元から崩れていく。

「偶然ではないと？　最初から私の正体を知っていて？　私に近づいて？　あの優しい笑顔も、

言葉もすべてそのために？　最初から私を騙したのですか？　私は騙されたのですか？」

必死に言葉を紡ぎながら、クレールは目の前の男が否定してくれるのをどこかで期待していた。しかし返ってきた言葉は無情だった。

「鈍い女だな。そうだと言ってるだろ」

クレールの体が傾《かし》ぐ。倒れるところを一歩踏《ふ》み出して、かろうじてこらえた。

「馬鹿《ばか》な女を騙して、情報の一つでも得ようと思っていたさ。だが何も知らず、役立たずだったが」

クレールは目を硬く閉じ拳《こぶし》をきつく握り締《し》める。爪《つめ》が皮膚《ひふ》をやぶり、にじんでいた血が流れ落ちた。

「本気で言ってるのですか？」

「あたりまえだ」

目の前にあるのは凍《い》てつく瞳《ひとみ》。漆黒《しっこく》の瞳は心の奥まで見ることは出来なかった。

そしてクレールはその底知れぬ黒い瞳を、そのまま心の色と解釈した。

クレールの緑色の目から迷いが消え、同時に表情も消える。そして首の後ろに手を回した。

「……解《わか》りました。ではこれよりあなたは敵とみなし」

ケーブルを差し、体を震《ふる》わせ、熱い息を吐《は》きながら宣戦布告をした。

「殺します」

18

クレールの髪が重力から解き放たれたように、ふわりと広がる。

――これがクレールの武器か。

メドゥーサという名を蛟《みずち》は知らない。不坐《ふざ》から受け取った資料には目を通していなかった。

クレールから向けられる眼差《まなざ》しは敵意だ。しかしそこには深い悲しみがある。二人が出会ったのは本当に偶然だと言いたかった。もし君があの場所で少しでも昔の安らぎを取り戻したのなら、それは真実なのだと言いたかった。今も震えている体を抱きしめてやりたかった。

しかし真目《まなめ》蛟にそれは許されない。禍神《まがかみ》の血《ち》は一度目覚めれば、いっさいの手加減もなく敵を排除する。

クレールは確実に自分に殺される。生き残る術《すべ》はない。ならば未練を断ち切らせ、本気で戦ってもらうしかない。わずかでも生き残る可能性を得るために。自分は恨まれながら死ぬことになっても、それで彼女が生き残るなら、それもいい。

「では始めようか」

蛟は鳴神尊《なるかみのみこと》を取り出す。一度引き抜けば、理性は消える。目標を殺すという目的意識が最優先される。

「はい」

クレールはわずかに目を細めて、鋭い視線を送ってくる。美しいと思った。凛《りん》としたたたずまいは名のある日本刀を連想させ、見惚《みと》れてしまう。

——ああ、この女と殺し合えるのも悪くない。

最後の最後で心の奥底で囁《ささや》いたのは殺戮者《さつりくしゃ》の血だ。あるいはクレールに本気で戦うよう仕向けたのは、禍神《まがみ》の血《ち》であるのかもしれない。

守りたいと殺したいが同価値となった。

「行くぞ」

鳴神尊《なるかみのみこと》を鞘《さや》から抜いた。

その瞬間《しゅんかん》、真目蛟《まなめみずち》は純粋な殺戮者となった。


蛟が小刀を抜いた。そう見えたときには、蛟の姿は最初の位置にはなく、すでに目の前に迫っていることにクレールは驚愕《きょうがく》した。

とっさに本能的に前方にメドゥーサを繰《く》り出す。鋭くとがった髪が剣山《けんざん》のごとく張り巡らされた。何十本もの髪の毛に串刺《くしざ》しにされている蛟を想像し、気持ちが折れそうになるのをなんとか食い止める。しかしそれはまるで杞憂《きゆう》、あるいはおろかであった。

スヴェトラーナ・クレール・ボギンスカヤはこの時はまだ、真目家というものを真の意味で知らなかった。かの家が何百年もかけて研鑽《けんさん》し完成した暗殺者の血、禍神の血というものを理解していなかった。

　蛟が間合いをつめたのも一瞬なら、軌道を変更しあらたな方角からの襲撃《しゅうげき》に転じるのも一瞬であった。

　クレールが把握したのはたった二つ。メドゥーサの髪を突き刺したとき、すでにその場に蛟の姿がなかったこと。軌道の土煙が真横から襲《おそ》い掛かったこと。

「え？」

　クレールがようやく真横からの襲撃に気づき、視線を向けようとしていたときには、鳴神尊の刃が目前まで迫っていた。

　刃が頬《ほお》をかすめる。痛みを感じたときはすでに交差を終え、蛟は遥《はる》か後方へ移動していた。

　頬の血がたれるかたれないかほどの一瞬、すでに蛟の足は大地を固く噛《か》み、百八十度の方向転換を終えていた。必殺の暗殺者に対峙《たいじ》しているのに、クレールは背中をさらしてしまう。

　クレールは頬の痛みが信じられず、心のどこかでまだ蛟を信じていたことを突きつけられ、心は揺らぎ、体がよろけた。

　よろけた体の真横に突き出されたのは、鳴神尊の刃《やいば》だ。よろける前までクレールの体があった場所だ。避《さ》けられたのはまったくの偶然、幸運以外のなにものでもなかった。

クレールはよろけながら、それでも髪を木の枝に絡《から》ませ強引に自分の体を引っ張り、蛟《みずち》と距離《きょり》をとった。

蛟は追ってくることなく静かな眼差《まなざ》しで殺戮《さつりく》対象を見ていた。

弾丸さえ察知し搦《から》め捕るメドゥーサの防衛能力が間に合わない。剣が弾丸より速いわけはない。されど人の意識が追いつける速度ではなかった。弾丸のように単純な直線軌道ではない。縦横無尽な軌道は、認識の追随《ついずい》を許さなかった。

「このままでは死ぬぞ」

蛟は完成された暗殺者である。よけいな一言はない。これはクレールがよく知っている蛟が言わせた言葉だ。

蛟が何を言おうとしているのか解《わか》った。クレールは奥の手、峰島勇《みねしまゆう》から授かったブレインロクシの認識方法を封印している。

あれは記憶《きおく》の破壊《はかい》であり理性の剝奪《はくだつ》であり闘争《とうそう》本能の爆発である。我に返ったとき、嫌悪《けんお》に陥《おち》いる。自分という人間が欠ける。

「解りました」

しかしクレールは決意した。記憶がなくなるのは怖い。自分を見失うのも恐ろしい。だがそれで記憶が砕けるのなら、蛟との思い出とともに散ってしまえばいいと思った。これほど苦しいのなら、これほど胸が痛むのなら、覚えていないほうがましだ。

――何もかも忘れてしまいたい。

その想《おも》いを胸に、目をつむり自分の頭の奥を覗《のぞ》くイメージをする。メドゥーサの髪が感じ取る神経網《しんけいもう》がクリアになり、ブレインプロクシを介し脳に送り込まれた。

クレールを取り巻く世界が一変した。


記憶が砕けた。初めて日本に来たのはいつだったのか、なぜ来たのか、思い出せなくなった。

メドゥーサが生み出す脳への負荷が脳細胞を破壊していく。

「ふふふふ、あははははは」

それでもクレールは笑う。全身を貫く高揚感は悲しいまでに彼女の感情を、狂気へと導いていく。

蛟が走る。最初と同じように真正面から、人の意識より速く。しかしクレールは笑う。蛟の行動すべてを仔細《しさい》に理解していた。大地を蹴《け》る足、風の流れ、かまえた小刀の振り、何もかも手に取るように解った。

したがって防壁として展開した針状の髪を回避《かいひ》し、右手に回り、そこからの一撃《いちげき》もすべて予測できた。メドゥーサはそれよりも速く動き、蛟の機動力である足に髪を絡ませた。

このまま締《し》め付け骨まで裂こうか、それとも空高く放り投げて大地に叩《たた》きつけようか。しかしクレールはいずれもしない。否《いな》、できなかった。

巻きついたはずの髪をすり抜けて、蛟《みずち》はいつのまにか懐《ふところ》にいた。巻きつくはずの髪が宙で四散している。鳴神尊《なるかみのみこと》による切断。その事実をクレールは認識できなかった。

無理やり体をねじり、髪で体を守り、クレールはその一撃《いちげき》をかわす。しかしかわしきれなかった。

「うっ、あっ！」

腕に熱いものが走り抜ける。浅くない傷をつけられた。

蛟は止まらない。仕留めることができなかったと解《わか》れば、間髪を置かず次の攻撃を繰《く》り出してきた。それもクレールはかろうじて回避《かいひ》する。もはや攻撃する余裕はない。四方から繰り出される刀の一閃《いっせん》に、防戦一方になるしかなかった。

いくど回避したか。いくど回避しきれなかったか。クレールの体に刀傷が増えていく。見ようによっては蛟がなぶり殺しにしているように見えるかもしれない。しかし完成された禍神《まがかみ》の血《ち》にそのような無駄《むだ》な行動はない。クレールが精一杯かわし続けた結果だった。

「はぁはぁはぁ」

クレールは荒い呼吸で蛟を見る。蛟はいったん攻撃をやめ、わずかに距離《きょり》を置いて殺戮《さつりく》対象を観察していた。

すでにクレールの高揚感はどこかに消えてしまった。記憶《きおく》を代償《だいしょう》にメドゥーサを使いこなした。それでもなお禍神の血に届かないのか。蛟を倒すことはできないのか。

「だめ、だめです、私は助けなければ……」

その使命感のみが彼女を動かしている。その必死の思いを、蛟は蔑《さげす》むように答えた。

「イヴァノフがそれほどの価値がある男か」

クレールも毅然《きぜん》と睨《にら》み返して言った。

「違います。守りたいのは私が生まれた村、故郷です。イヴァノフに仕えている限り、村の安全は保障されます」

しかし蛟の次の言葉は、彼女の使命の、彼女の心の根幹を突き崩した。

「亡命した人間がなぜそのような権限を持っている？」

「え？」

「いや、それよりもその程度の矛盾になぜ気づかない？」

クレールの視界が揺らぎ、心が歪《ゆが》み、理性が崩壊《ほうかい》する。

「なぜ……？」

そのことを考えようとすると、頭の芯《しん》が痛くなった。

「ああああっ、あああああっ！」

頭をかかえうずくまってしまう。それでも考えずにはいられなかった。必死で痛みをこらえ、答えを探そうとする。

「なぜ？　なぜ私は？　村を守るため、守るためだから。でも、死んだ。みんな死んだ……なのに何を守るの？　私はいったい何を守るためにイヴァノフにつかえてきたの？」

考えようとすれば考えようとするほど、頭の痛みはひどくなる。しかし考えることを止めることはできなかった。

「強力な暗示をかけられたな。かりそめの使命感を植えつけられ、操り人形になるように。哀《あわ》れな娘だ」

残酷な言葉に、残酷な現実に、亜麻色《あまいろ》の髪がざわめく。メドゥーサが自分の意思とは関係なしに動作している。もはや制御できない。

自分を見失い戦意を喪失《そうしつ》したクレールを、倒すのはたやすいことだった。

しかし蛟《みずち》は警戒する。相手は混乱し戦意を喪失している。力では上回っている。だというのに背中に冷たい汗を流し、表情は緊張《きんちょう》していた。とても優位に立っている人間の顔ではない。

──まだ何かある。

完成された禍神《まがかみ》の血《ち》を持つ鳴神尊《なるかみのみこと》の継承者、真目《まなめ》蛟は息を呑《の》む。頭をかかえふらついているクレールはいまにも倒れそうだ。

「ううう、あああああっ！」

クレールはうめき続ける。頭が割れるように痛い。痛くて痛くて、何もかも壊《こわ》れていく。次々と記憶《きおく》が砕け散る。花の名前が思い出せない。村の子供達《たち》の名前が思い出せない。村の名前が思い出せない。両親の名前も思い出せない。大切なものが次々と砕け散っていく。

「あああああああああああああっ！」

メドゥーサの暴走は止まらない。髪がクレール自身の体に絡《から》みついてきた。服を切り裂き、肌に巻きつく。二の腕から指先へ巻きつき、さらに首筋から胸元、腰へとくだり、足さえも覆《おお》ってしまう。

叫び声はやがて音にならない絶叫へ変化する。

そしてふいに停止した。叫び続ける声も、ふらつく体も、蠢《うごめ》いていた亜麻色の髪も、何もかも。

クレールは上を向いたまま立ち尽くしていた。

異様な姿だった。服は暴走したメドゥーサによって切り裂かれ半ばぼろきれとなっていた。代わりに体を覆っているのは亜麻色の髪。包帯のように全身に巻きつき、透き通るように白い肌と亜麻色の髪が夜の闇《やみ》に浮かび上がっていた。

クレールは自分の手のひらを見る。指先まで巻きついた髪は、爪《つめ》の先で炎のように揺れている。

いまだ茫然自失《ぼうぜんじしつ》としているクレールめがけて、蛟はとどめとばかり小刀を突き出した。

「あっ？」

蛟の行動に気づいたクレールはしかし、

「ふふふふ」

童女のように笑うだけだった。

いや、ただ一つだけ動作をする。腕を持ち上げ、鳴神尊《なるかみのみこと》の軌道上に置いたのみ。一秒後には腕もろとも刃で切断され、死を迎える運命だろう。

蛟《みずち》の刃にためらいはなかった。殺戮者《さつりくしゃ》としての彼は、相手が誰《だれ》であろうと手加減はない。

クレールは最後まで動かなかった。ならば運命は変わらない、かに思えた。

鳴神尊の刃が触れる。クレールを切り裂くには充分な力と技がある。しかしその瞬間《しゅんかん》、刃は彼女を切り裂くことなく、クレールの肌の上を滑《すべ》った。否《いな》、正確には肌を覆《おお》う髪の上を滑った。

蛟は予想外の出来事に前のめりになる。そのままクレールとすれ違い、振り返った。クレールはいまだ手を上げた姿勢のまま、蛟に後ろ姿をさらしている。まるで無防備だ。

蛟は再びクレールめがけて小刀を繰《く》り出す。クレールは背中を向けたままだ。その背に刃をつきたてた。と思った瞬間、刃は何も切り裂かず肌の上を滑った。

戸惑う蛟にクレールはゆっくりと振り返った。思わず後ろに飛びのき距離《きょり》を置く。

「いったい何をした？」

大切な記憶《きおく》と人間性を犠牲《ぎせい》にし、クレールの戦闘《せんとう》能力は、ついに完成にたどり着いた。

19

クレールは童女のように笑っている。その笑顔がぶれた。顔だけではない。首や体、ついには手足まで、全身がぶれる。

同時に耳鳴りのような高音が鳴り響《ひび》く。思わず蛟は耳をふさいで、二、三歩引き下がった。

「何をしたかお解《わか》かりいただけましたか？」

ぶれが収まると、音も停止する。

「なるほど。鳴神尊を防いだのではなく、そらしたのか」

「はい。メドゥーサで髪を超震動《ちょうしんどう》させることによって、擬似的《ぎじてき》に摩擦力《まさつりょく》をゼロにしました。もうあなたの武器は私には届きません。加えて……」

クレールの体が目の前から消失した。

「四肢を覆う髪に運動能力を補佐させることにより、運動能力も飛躍的《ひやくてき》に向上します」

次に言葉が聞こえてきたのは、真後ろからだった。

振り向きざまに鳴神尊で背後を払った。クレールは回避《かいひ》しない。ただ手を上げてそらすのみ。

しかし先ほどと違うのはそらされた蛟の手首をクレールが握り締《し》めたことだ。

「その程度ですか？」

耳元で女の声が甘く囁《ささや》く。

髪が伸び、蛟《みずち》の手にきつく巻きついた。蛟が振りほどこうとすると、髪がきつくしまり皮膚《ひふ》が裂ける。

「無理ですよ。しっかりつながっていますから」

そう言ってふふふと笑う。

蛟の体が浮いた。クレールが片腕で持ち上げた。女の力ではありえない。ブレインプロクシをもってメドゥーサを制御し、髪によって四肢の動きを補助しているからこそできることだ。

髪がさらに皮膚に食い込む。にじんだ血は滴《したた》り、蛟の腕からクレールの握っている手、手首、腕へと伝わり、二の腕まで到達する。流れた血をクレールは舌でなめ、唇で吸った。

「あなたの血は、とても美味です」

血の紅《べに》をひいた唇で微笑《ほほえ》む女はあまりも妖艶《ようえん》で、それでいて寒気をもよおす恐ろしさを内包していた。

「それでは、死んでください」

振り上げた腕をそのまま振り下ろし、蛟を地面に叩《たた》きつける。何度も何度も何度も叩きつけた。肉と骨が砕ける音が霧《きり》の中で何度も響《ひび》いた。

蛟に絡《から》みついていた髪をとき、握っていた手を離《はな》すと、蛟は力なく地面に落ちた。

地面に横たわったままもう動かなくなった人間を前にして、クレールはくすくすと笑っていた。笑いながら涙を流す。なぜ笑っているのか、なぜ泣いているのか、彼女には解《わか》らない。ただ大切なものが消失したことだけは解った。

「……助けて」

何を助けて欲しいのか、誰《だれ》に助けを求めているのか、どうしてそんな言葉がこぼれたのか。クレールはただ笑い、涙を流し続ける。こぼれた涙は動かなくなった蛟の頬《ほお》の上にいくつも零《こぼ》れ、はじけた。

やがて言いようのない乱れた感情が収まると、それとは別の明確な感情が像を結ぶ。

「……イヴァノフ」

どれほどの憎悪《ぞうお》がその言葉に含まれているのか。どれだけの記《き》憶《おく》を犠《ぎ》牲《せい》にしてもその記憶は消えないのか。

クレールはゆっくりと歩き出す。その先にはイヴァノフが怯《おび》え隠れている屋敷《やしき》があった。

20

指先がぴくりと動いた。それは死後痙攣《けいれん》なのか。あるいは気のせいか。

しかしそのどちらも否定するかのように指先は力をこめて地面をつかむ。腕は持ち上がり、頬を触った。濡《ぬ》れた感触が指先から伝わる。

「……泣いてたな」

蛟《みずち》はうめきながら仰向けになり空を見る。

「女一人助けることができないなんて、禍神《まがかみ》の血《ち》もたいしたことねえな」

鳴神尊《なるかみのみこと》を抜いてからのことはほとんど覚えていない。覚えているのは全身の激痛と、自分を見下ろして泣いていたクレールだ。

——俺《おれ》は馬鹿《ばか》だ。

自分が犠牲《ぎせい》になってクレールが助かればいいと思っていた。しかしそれは間違いだ。生きて彼女を守らなければ意味がない。彼女はたった一人で、抗《あらが》えない現実に怯《おび》え、孤独に耐えているのだから。

「くそ、体中がいてぇ」

体を少し動かすだけで激痛が走る。骨の何本かは確実に折れているし、ひびがはいっている。内臓の一つや二つ破裂していそうだ。

落ちていた鳴神尊に手を伸ばし拾い上げた。

「無反応か。まあいいさ、ここから先は俺がなんとかする。いや俺の役目だ」

指先を動かすだけで激痛に意識が遠くなりかける。それでも蛟はうめきながらなんとか立ち上がった。

「惚《ほ》れた女くらい自分で守らないと……」

ああ、そうだ。俺はクレールに惚れたんだ。

心底、惚れたのだ。たとえ記《き》憶《おく》が封印され、もう一人の自分に支配されても、彼女の存在を消せなかったほどに。

いまさらながらに自覚した自分の馬鹿さかげんに呆《あき》れてしまった。

クレールが立ち去った方向に足を引きずりながら進む。遅々とした歩みに苛立《いらだ》つが足がついていかない。気ばかりが急《せ》いてしまう。

「うあっ」

足がもつれて転んでしまった。それだけで痛みに気を失いそうになり、立ち上がるだけで痛みで体中が汗まみれになる。

——早くクレールのところへ。

クレールの悲しそうな顔が浮かぶ、泣いている顔が浮かぶ、戸惑っている顔が浮かぶ、すました顔も、冷たくつれない顔も、呆れた顔も、驚《おどろ》いた顔も。

「そういや、笑顔を見せてもらってないなあ」

彼女の本当の笑顔が見たいと思った。

——だから待っていてくれ。

蛟はただ一心にそれだけを想《おも》い、彼女の元へと進んだ。

21

敵を倒し戻ってきたクレールの様子がおかしいことに最初に気づいたのは、他《ほか》でもないイヴァノフであった。

「あいつを止めろ！」

イヴァノフの指示に疑問を抱く伊達《だて》だったが、見るからに大怪我《おおけが》をしていて治療《ちりょう》の必要があるクレールを引き止めることに異論はなかった。

しかし伊達の指示でクレールを医務室に誘導《ゆうどう》しようとした警備員が昏倒《こんとう》させられたことによって、事態は急変する。

「止まれ、止まるんだ！」

何人もの人間が立ちはだかりそのすべては無駄《むだ》に終わった。銃弾はきかず、立ちはだかる人間はやすやすと昏倒させられる。

屋敷内《やしきない》に進入してもそれは同じだった。

「止まれ」

イヴァノフの部屋の前で伊達がクレールに銃を突きつけた。

「どういうつもりだ？　なぜイヴァノフ博士の命を……」

問い詰めようとした伊達は途中で言葉を詰まらせる。クレールは笑顔のまま泣いていた。

「あ、あ、あなたは……あなたは知っている。顔を覚えている。名前はだ、だ、だ……」

伊達の顔を見てクレールは困ったように言葉を詰まらせる。

「俺《おれ》が解《わか》らないか？　伊達だ。伊達真治《しんじ》だ。いったいどうしたんだ？　何があった？」

「ああ、そうでした。だ、だ、伊達、ししし真治さんでしたね」

クレールは少しだけ正気に戻ったのか、笑顔はいつのまにか消えていた。

「あなたには感謝しています。どうかお元気で」

クレールは伊達に手を伸ばす。伊達は銃を撃《う》つが一発たりとも彼女を止める手助けになりはしなかった。クレールの手が優しく伊達の額に触れる。

「ぐあっ！」

伊達の頭に強い衝撃《しょうげき》が加わり、そのまま昏倒してしまう。

「ごめんなさい」

クレールはイヴァノフがこもっている部屋の扉に手のひらをつけると、そこを中心に髪の毛が根のように広がっていった。扉はあっさりと崩れた。真っ黒な部屋の隅で、イヴァノフが怯《おび》えた表情でクレールを見ていた。

「博士、私は気づいてしまいました」

「く、くくく、来るな、この化け物めが！」

博士は杖《つえ》を振り回してクレールを寄せ付けまいとする。

「私の村を守るなんて約束はすべて嘘《うそ》だったのですね。そんな単純な嘘にも気づけないほど強力な暗示を私にかけていたのですね」

髪が伸びて杖に絡《から》みついた。そのまま杖づたいに伸びイヴァノフの腕に絡みつく。

「は、離《はな》せ!」

全身を髪で縛《しば》られたイヴァノフはなんとか脱出しようともがくが、髪が食い込み皮膚《ひふ》を裂くだけでどうにもならない。

動けない矮小《わいしょう》な老人をクレールは片手で持ち上げると、酷薄《こくはく》の笑みを浮かべた。

「博士、死んでください」

同じセリフを何度も言ってきたが、心の底から死ねと願ったのはこれが初めてだった。

「わしを殺すというのか！　これだけおまえに目をかけてやったのに」

「目をかけた？　私の故郷をたてにとって私を脅《おど》して、こんな体にして、目をかけたなどと」

「こんな体だと？　おまえはどれほどの力を手に入れたか解《わか》らんのか！　たまたま脳の一部に適正があるだけの、しかしこの研究が進まねばなんの役にも立たぬものを発見し、偉大な研究を施《ほどこ》してやったというのに。つまらんただの小娘に、わしがどれほどの力を与えてやったか、解らんのか!」

「私はそんなもの、一度たりとも望んだことなどなかった!　あなたのような人間から、ただの小娘と呼ばれる存在こそ、人と呼ばれるものです！　私はただのモルモット、いいえ、それ以下だった！　モルモットは用が済めばただ死ぬだけ。私は人殺し、人殺しにされた！　命令一つで人を殺してきた！」

初めてクレールの口から激情がほとばしった。激情は言葉と共にさらにイヴァノフを締《し》め付ける。

「あくまでわしに、逆らうというのか！　ならばしかたあるまい」

だがイヴァノフはここにきて一転、奇妙な落ち着きを見せた。

「往生際《おうじょうぎわ》が悪いですね」

「くかかかか、暗示を一つと思うなよ」

老人の顔の皺《しわ》が醜悪《しゅうあく》を形作る。そしてイヴァノフの口より呪《のろ》いの言葉が解き放たれた。

「スヴェトラーナ・クレール・ボギンスカヤ！　貴様は自決しろ！」

イヴァノフの言葉がクレールの心の底にストンと落ちる。それは抗《あらが》いようのない強制力を持っていた。ずっと心の奥底で眠っていた暗示が発動された。

「う、う、う、あ……」

クレールはよろける。イヴァノフをつかんでいた手は離れ、戒《いまし》めの髪も解いてしまう。それどころか、イヴァノフを縛っていたものはクレール自身に絡みついてきた。

「あああああああっ！」

体が動かない。絡《から》んだ髪がクレールを締《し》め付けた。地面に突っ伏し、のけぞり、苦しみの声をあげる。

「ふん、わしの言うことに従っていれば、まだ長生きできたものを。このできそこないめが」

床で悶《もだ》え苦しむクレールに何度も杖《つえ》を振り下ろす。しかしそんな痛みはクレールにとってなんの問題もなかった。クレールを殺そうと、肢体に巻きついた髪が締まっていく。喉《のど》に食い込む髪をかきむしるが、無駄《むだ》な抵抗だった。

「まあよい。どうせおまえは用済みだ。わしはこの国で第二、第三のおまえを作る。いやおまえを超える兵器を作る。すでにその下準備もできた。おまえはここで朽《く》ちるがいい」

苦しむクレールを置いてイヴァノフは部屋の外に出ようとした。

そのときイヴァノフの胸に何か熱くて冷たい感触が生まれた。

「あえ?」

間抜けな声を出して、自分の胸元を見る。小刀が心臓に突き刺さっていた。いつのまにか目の前には、クレールが倒したはずの暗殺者がいた。

暗殺者は何も言わない。ただ冷たい目でイヴァノフを見下ろしている。

「なぜだ、わしは……」

膝《ひざ》が落ちた。

「わしは天才なんだ。そのわしがなぜ死なねばならん……」

イヴァノフはその言葉を最後に、自分で流した血だまりにつっぷし、絶命した。

蛟《みずち》はイヴァノフの死体を見下ろす。

手には人を殺した感触が明確に残っていた。

日常を営む表の人格と、殺戮《さつりく》を一手に引き受ける裏の人格。その役割が完璧《かんぺき》に分割されているからこそ、真目《まなめ》蛟は完成された禍神《まがかみ》の血《ち》を持つ継承者と言われてきた。

しかしいま二つの人格の垣根に亀裂《きれつ》が入った。真目蛟の人間性の崩壊《ほうかい》は、このときから緩《ゆる》やかに始まっていたのかもしれない。

「うあああああっ！」

クレールの苦しみの声が聞こえる。蛟は急いで、といっても体を引きずりながらクレールのもとへ駆け寄る。

「あああああああああっ！」

体を弓のようにのけぞらせ、大きく見開かれた眼からは大粒の涙がいくつもこぼれ、四肢は痙攣《けいれん》し、あごが外れそうなほどに開かれた口から悲鳴が途絶えることはなかった。

「クレール」

かたわらに膝をつくとようやく蛟の存在に気づいたのか、クレールの顔が蛟を見上げた。涙を流し潤《うる》んだ目で、必死に首を横に振る。

蛟《みずち》が抱き起こすと、クレールに絡《から》んでいた髪の一部が蛟を巻き込み、きつく締《し》め付けてきた。

「くそっ！」

絡みついてくる髪を振り払い、蛟は首の後ろのケーブルに手を伸ばそうとする。それの意味を悟り、クレールは苦しみの中で驚《おどろ》いていた。

「……な……ぜ？　なぜ、ですか？」

放っておけば死ぬ人間だ。なぜ自分を助けようとするのかとクレールは問う。そして自嘲《じちょう》した。問うまでもない。理由は解《わか》りきっていた。

「私達《たち》は……偶然、会ったの……ですか？　それとも？」

「偶然だ」

蛟はまっすぐな眼差《まなざ》しを返してきた。

それを聞いて満足したクレールは、弱々しく笑う。もう未練はなかった。しかしクレールの意志に反して髪はさらに蛟に巻き付き、締め付け皮膚《ひふ》を切り裂く。

「駄目《だめ》、駄目です。あなたまで死んで……しまいます。私のことは放って……おいてください。私は、あなたを殺そうと……」

「たいしたことじゃない」

蛟はそう言ってクレールを抱きしめる。クレールは涙を流し、苦しみに耐えかねた体がしがみついてきた。指が背中に食い込む。

「抜くぞ」

蛟は首筋のケーブルに指をかける。

「ああっ、あああああああっ！」

暴走した神経網《しんけいもう》の中心に近い場所を触られて、クレールの苦しみはさらに強くなる。悲鳴を上げ蛟の体にしがみつき、歯を蛟の肩に食い込ませた。

蛟はわずかに表情を歪《ゆが》めるが、ゆっくりとケーブルを抜いていく。きつく噛《か》んだ歯は皮膚を破り、クレールの口の中に血の味が広がった。

クレールの首筋からゆっくりとケーブルが引き抜かれる。

最後に大きくのけぞると、ひときわ高く悲鳴を残し、クレールは蛟の腕の中で意識を失った。まるで離《はな》れまいとしていたかのように、蛟に絡みついていた髪はゆっくりと解け、クレールは蛟の腕の中で動かなくなった。

クレールを抱きかかえ部屋を出ようとする蛟の前に立ちふさがる影があった。

「動くな」

伊達真治《だてしんじ》のまっすぐにかまえた銃は、ぴたりと蛟の額に狙《ねら》いを定めていた。視線が外れたのはほんの一瞬《いっしゅん》、血だまりに倒れているイヴァノフを見たときだけだ。

「おまえが殺したのか、それとも？」

腕の中のクレールを見る。

「俺《おれ》が殺した」

蛟《みずち》はそれだけで足りないと思ったのか、

「生きるに値しない男だ」

と付け加えた。伊達《だて》は銃を突きつけ、反論する。

「密《ひそ》かに内偵も進めていた。イヴァノフが国内で人体実験の施設を作ろうとしていたことも察知していたし、その手助けをしている上の人間にも調査の手は伸びていた。あと少しで法で裁く下準備が整った。殺す必要はなかった」

蛟は寂しげに笑う。

「それではこの娘を救えない」

銃口の先が揺れた。蛟はまっすぐに伊達を見つめ返すばかりだ。

「行け」

伊達は疲れたように銃口を下ろすと、そう言った。

蛟は驚《おどろ》き無言で小さく頭を下げると、伊達の横を通り抜けようとした。しかし途中で歩みが止まる。クレールの顔が持ち上がり、弱々しく伊達を見つめる。

「あ……、あなたは……覚えている。伊達さん……。ありがとう」

遠ざかっていく足音を、伊達は黙《だま》って聞いていた。

22

伊達は血だまりに倒れている哀《あわ》れな老人を見下ろした。世界に名を馳《は》せた科学者にしてはあまりにあっけない哀れな死に様であった。

いかにマッドサイエンティストと呼ばれた科学者であっても、ふさわしい死に方ではなかった。どこかで歯車が狂ったのだ。

——この科学者をこれほどまでに狂わせる行動をさせた原因はなんだ?

まるで異質の兵器、メドゥーサ。あれをイヴァノフが考案したとは思えない。あの狂った科学者の作り出したものは、最新科学の延長上という枠から外れることはなかった。

メドゥーサの概念《がいねん》はあきらかに現代科学の延長上ではない。まるで別の思惑や思考が見て取れる。あるいは人が覗《のぞ》いてはならない狂気か。

イヴァノフでさえ、事件の主役ではない。何者かに踊らされた駒《こま》の一つに過ぎない。何者かの狂気に引きずり込まれたに過ぎない。その結果がこの無残な死だ。

あの真目家《まなめけ》の当主、不坐《ふざ》が動いたことも気になった。不坐が興味を抱いたのはイヴァノフだろうか。あるいはイヴァノフの枠を超えた狂気に気づいたか。

否《いな》、世界最大の情報網《じょうほうもう》を持つ組織のトップが、気づかないはずがない。

イヴァノフを狂気に導き、真目不坐《まなめふざ》さえも動かしたもの。それはいったいなんなのか。

伊達《だて》の脳裏に浮かんだのは白いスーツを着た峰島勇《みねしまゆう》という男だった。

イヴァノフとクレールを尾行した夜、あの惨劇《さんげき》の場で唯一何もしたようには見えなかった男。

しかしなぜか強烈に伊達の脳裏に残っていた。

ほとんど何もせず、しかしあの場を支配していたのは、峰島勇ではないかという考えが頭から離《はな》れない。

彼が世界最高の頭脳を持つ者と世界最大の情報網を持つ者を動かしたのだとしたら。

「馬鹿《ばか》な」

伊達は首を振り、それこそありえないと強く否定した。そして現実に戻り通信機で各地に連絡を取り、イヴァノフの死をどのように処理しなければならないか考えた。

しかし峰島勇の名は、深く伊達の記憶《きおく》に残り消えなかった。

こうして峰島勇――峰島勇次郎《ゆうじろう》の技術が生んだ最初の遺産事件は、その重要性とは裏腹に誰《だれ》にも知られることなく幕を閉じたのだった。

ただ二人、真目不坐と伊達真治《しんじ》を除いて。

エピローグ

――数週間後。

一組の男女が港にいた。

「体のほうはもう大丈夫《だいじょうぶ》？」

蛟《みずち》が問うと、クレールは硬質な態度で返事をする。

「はい、完全に復調しました」

「むこうについたらどうするか決めてるのか？」

「落ち着いたら、一度故郷に帰ろうかと思います。そこで忘れてしまったものを取り戻したい」

「そうか」

クレールの目にはぬぐいきれない悲しみがある。それでも彼女の気持ちは前向きだった。故郷に戻ることによって、さらに前へ踏《ふ》み出せるならそれは歓迎すべきことだ。

「故郷に戻ったら、そこで暮らす？」

もともと硬質なクレールの表情がさらに硬くなった。

「いいえ」

「じゃあ、どうするの？」

「あなたはどうして欲しいですか？」

何かを期待するような目で蛟《みずち》を見ていた。

「え？　いや、俺《おれ》は……あの、その」

日本に戻ってきて欲しいとは言えない。クレールにとって日本は安全な土地ではない。

言いよどむ蛟を見て、クレールはあきらめたようにため息をついた。

「いいえ、あなたに何かを期待した私が愚かだったのでしょう」

「あ、ああ。すまないね」

謝るしかない自分が情けない。

「私、またここに戻ってきます。だって欲しいものがありますから」

「欲しいもの？」

「はい、私はこう見えても子供が好きです」

「うん、それは知ってる」

体が回復すると、クレールは時々公園で子供達《たち》と遊んでいた。

「ええ、ですから」

クレールは目をそむけ横顔を蛟に見せる。冷たい硬質な表情。しかし頬《ほお》の赤さだけは消せなかった。

「あなたの赤ちゃんが欲しいです」

「なっ、馬鹿《ばか》！」

驚《おどろ》く蛟の唇にクレールは自分の唇を重ねると、そのまま軽やかにタラップを昇っていく。

「だから浮気は許しません」

クレールは花のような笑顔を見せると、手を振りながら船の中に消えていった。


目の前には青い水平線がどこまでも広がっていた。

幼き日に村から出て冒険してみたいと思った純粋な気持ちは、しかしどこかに旅立つたびに多くの愛情を置きっ放しにすることを強要され、大きな悲しみを細い肩にのしかからせた。

いくつも大切な記憶《きおく》は失われ、大事なものを失《な》くしてきた。

夜になれば泣きたくなる。それでもクレールが耐え、また新しい世界に踏《ふ》み出せたのは、新たにいとおしい、大切なものができたからだろう。

けれど、過去の自分を捨てなければならないのは辛《つら》かった。

しばらくは故郷にも帰れず日本にも戻れない。名前を変えてアメリカで当分暮らさなくてはならない。

しかし必ず故郷に帰ろう。そこがどんなに変わり果てているとしても。そして必ず蛟のところに戻ろう。

子供が欲しいと言ったときの蛟《みずち》の面食らった表情を思い出して、クレールは一人くすりと笑う。

——そうだ。もし子供ができたら、子供には私の名前をあげよう。

私が捨てなくてはならなかった、しかしお父さんがくれた想《おも》い出がたくさんつまった名前を。

クレールはパスポートを開く。そこにはクレールの写真と新しい名前があった。二十年つかってきた名前を捨てなければならないのは悲しい。

しかし蛟が用意した名前を見て少しだけ心が軽くなった。そして恥ずかしかった。

「女神の名前にするなんて、照れ屋に見えて大胆な人です」

クレールの新しい名前はミネルヴァ。ミネルヴァ・ローズンフィールド。

クレールはパスポートを見て幸せそうに微笑《ほほえ》むと、小さくなっていく港の栈橋《さんばし》に、もう一度だけ手を振った。

「ちょっとニクい敵キャラ集」は関係者でキャラクター人気ランキング協議中です。
発表はシリーズ次巻に掲載予定となりました。あしからずご了承ください。

あとがき

こんにちは、葉山透《はやまとおる》です。二冊目の短編集は「メモリーズ」のサブタイトル通り、シリアスな過去話の外伝らしい外伝集になりました。短編集……といえども、三編とも力が入りすぎ、もはや中編の長さですね。だから久しぶりの短いあとがきです。

主役達《たち》の過去のエピソード、いかがでしたか。まだ力を隠していた小さい頃《ころ》の由宇《ゆう》、新人の八代《やしろ》。麻耶《まや》が闘真《とうま》と出会い、心から慕《した》うようになったわけ。その中でも特に最後の書き下ろし「亜麻色《あまいろ》の髪の娘」は、若かりし日のあの人やあの人やあの人が。9Sの世界を形作る重要な陰の主役達。彼等《かれら》の出会いは、9Sの物語の真の始まりといえるかもしれません。私自身これを書けてとても嬉《うれ》しかったです。今回の外伝集で、より深く本編を楽しんでいただけるようになれば幸いです。

ところで今年はだいぶ体調もよくなってきて、体力回復のため、ヒキコモリからなんとか脱出せねばと、二年以上延期されていた友人とのキャンプに行くことになりました。しかし締め切りが終わってみれば夏の計画がなぜか今。奥多摩《おくたま》は秋を通りこし既《すで》に冬。新聞沙汰になったりしないよう、気をつけて行ってきます。

今回の外伝集は本編くらい大変でした。担当の高林《たかばやし》さん、校閲《こうえつ》の安藤《あんどう》様、いつもありがとうございます。そして山本《やまもと》ヤマトさん。チビ由宇と八代、十七歳のクレール。三年前の打ち上げのときに書いてくださったイラスト、覚えていますか。あれがこのような形になりました。これも
　そして読者の皆様。９Ｓシリーズも足掛け四年、とうとう十冊目の本になりました。これも読者の方々の応援のおかげです。９Ｓはこれからが佳境《かきょう》。次は9巻でお会いしましょう。

２００７年　11月　　　葉山　透

◉葉山　透著作リスト

「9S〈ナインエス〉」（電撃文庫）
「9S〈ナインエス〉II」（同）
「9S〈ナインエス〉III」（同）
「9S〈ナインエス〉IV」（同）
「9S〈ナインエス〉V」（同）
「9S〈ナインエス〉VI」（同）
「9S〈ないんえす？〉SS」（同）
「9S〈ナインエス〉VII」（同）
「9S〈ナインエス〉VIII」（同）
「ルーク&レイリア　金の瞳の女神」（富士見ミステリー文庫）
「ルーク&レイリア2　アルテナの少女」（同）
「ルーク&レイリア3　ネフィムの魔海」（同）
「ニライカナイをさがして」（同）
「ファルティマの夜想曲　恋するカレン」（B'S—LOG文庫）

本書に対するご意見、ご感想をお寄せください。

■

あて先

〒101-8305 東京都千代田区神田駿河台1-8 東京YWCA会館
メディアワークス電撃文庫編集部
「葉山 透先生」係
「山本ヤマト先生」係

■

電撃文庫

9S〈ナインエス〉memories

葉山《はやま》 透《とおる》

2007年12月25日　初版発行
2024年 1 月25日　再版発行

発行者　山下直久
発行　株式会社KADOKAWA
〒102-8177　東京都千代田区富士見 2-13-3
0570-002-301（ナビダイヤル）
装丁者　荻窪裕司（META＋MANIERA）
印刷　株式会社 KADOKAWA
製本　株式会社 KADOKAWA

ISBN978-4-04-869458-2　C0193　Printed in Japan

電撃文庫　https://dengekibunko.jp/

電撃文庫創刊に際して

文庫は、我が国にとどまらず、世界の書籍の流れのなかで〝小さな巨人〟としての地位を築いてきた。古今東西の名著を、廉価で手に入りやすい形で提供してきたからこそ、人は文庫を自分の師として、また青春の想い出として、語りついできたのである。

その源を、文化的にはドイツのレクラム文庫に求めるにせよ、規模の上でイギリスのペンギンブックスに求めるにせよ、いま文庫は知識人の層の多様化に従って、ますますその意義を大きくしていると言ってよい。

文庫出版の意味するものは、激動の現代のみならず将来にわたって、大きくなることはあっても、小さくなることはないだろう。

「電撃文庫」は、そのように多様化した対象に応え、歴史に耐えうる作品を収録するのはもちろん、新しい世紀を迎えるにあたって、既成の枠をこえる新鮮で強烈なアイ・オープナーたりたい。

その特異さ故に、この存在は、かつて文庫がはじめて出版世界に登場したときと、同じ戸惑いを読書人に与えるかもしれない。

しかし、〈Changing Times,Changing Publishing〉時代は変わって、出版も変わる。時を重ねるなかで、精神の糧として、心の一隅を占めるものとして、次なる文化の担い手の若者たちに確かな評価を得られると信じて、ここに「電撃文庫」を出版する。

1993年6月10日
角川歴彦

電撃文庫

9S〈ナインエス〉Ⅵ

葉山 透
イラスト／山本ヤマト

ISBN4－8402－3123－0

攻撃を受けるADEM、囚われの由宇、そして孤独な戦いを続ける闘真。混沌を極める情勢に、あの超越者が降臨する！　その名は――。ついに物語は佳境へ!!

は-5-6　1128

9S〈ナインエス〉Ⅶ

葉山 透
イラスト／山本ヤマト

ISBN4－8402－3390－X

由宇救出に単身挑む闘真。立ちはだかるは七つの大罪――異能者たちがついに激突する。一方、黒川は野望成就の目前にまで迫る。タイムリミットは臨界点へ!!

は-5-8　1248

9S〈ナインエス〉Ⅷ

葉山 透
イラスト／山本ヤマト

ISBN978－4－8402－3586－0

神出鬼没に暗躍する黒川。黒川から逃れるため姿を眩ます由宇たち。先に相手を捕捉すべく熾烈な情報戦が始まる。チェックメイトを取るのは一体どちらか！

は-5-9　1332

9S〈ないんえす？〉SS

葉山 透
イラスト／山本ヤマト

ISBN4－8402－3274－1

由宇の女の子の悩みを綴った「花嫁修業中」のほか「電撃hp」に掲載の三編を収録。さらに新規書き下ろし二編も加えた、思いっきり番外編の『9S』短編劇場登場！

は-5-7　1203

9S〈ナインエス〉memories

葉山 透
イラスト／山本ヤマト

ISBN978－4－8402－4120－5

ブラコンの麻耶。だが彼女が闘真と初めて会った時、その印象は最悪だった……。そのほか書き下ろし初めての遺産事件も収録。それぞれの出会いを描いた短編集登場。

は-5-10　1525

電撃文庫

狼と香辛料
支倉凍砂
イラスト／文倉十
ISBN4－8402－3302－0
行商人ロレンスが馬車の荷台で見つけたのは、自らを豊穣の神ホロと名乗る、狼の耳と尻尾を有した美しい少女だった。剣も魔法もない、エポック・ファンタジー登場！
は-8-1 1215

狼と香辛料Ⅱ
支倉凍砂
イラスト／文倉十
ISBN4－8402－3451－5
異教徒の地への玄関口、北の教会都市で大商いを仕掛けたロレンスだったが、思いもかけぬ謀略に嵌ってしまう。賢狼ホロでも解決策は見つからず絶体絶命に!?
は-8-2 1278

狼と香辛料Ⅲ
支倉凍砂
イラスト／文倉十
ISBN4－8402－3588－0
異教の祭りで賑わう町クメルスンを訪れたロレンスとホロ。そこで一人の若い商人アマーティと出会う。彼はホロに一目惚れし、それが大騒動の発端となった。
は-8-3 1334

狼と香辛料Ⅳ
支倉凍砂
イラスト／文倉十
ISBN978－4－8402－3723－9
ホロの故郷ヨイツの情報を集めるため、田舎町テレオを訪れたロレンスとホロ。情報を知る司祭がいるはずの教会で二人が出会ったのは無愛想な少女で……!?
は-8-4 1390

狼と香辛料Ⅴ
支倉凍砂
イラスト／文倉十
ISBN978－4－8402－3933－2
ホロの伝承が残る町レノス。ホロはのんびりヨイツの情報を探したがるが、ロレンスは商売への好奇心を拭えないでいた。そんな時、ロレンスに大きな儲け話が舞い込む。
は-8-5 1468

電撃文庫

狼と香辛料Ⅵ
支倉凍砂
イラスト／文倉十

ISBN978－4－8402－4114－4

ヨイツまで共に旅を続けることを決めたホロとロレンス。二人はエーブを追って船で川を下る。途中、ロレンスは厄介ごとに巻き込まれた少年を助けることになるのだが……？

は-8-6　1519

ミステリクロノ
久住四季
イラスト／甘塩コメコ

ISBN978－4－8402－3936－3

自分が天使だと言い張る女の子の失せ物探しを付き合うことになった少年。その遺失物というのがとんでもないもので⁉　久住四季のミステリ、最新作！

く-6-7　1471

ミステリクロノⅡ
久住四季
イラスト／甘塩コメコ

ISBN978－4－8402－4119－9

そいつが持っていたのは奇妙な拳銃だった。撃たれた者の記憶を消失させる、それ。神の力を手に入れた時、人はどうするだろうか？　そして事件が始まる――。

く-6-8　1524

きみと歩くひだまりを
志村一矢
イラスト／桐島サトシ

ISBN978－4－8402－4122－9

神代ひなたと安藤美月。ふたりの少女との別れと出会いが僕の運命を変えた――。妖獣に汚染された世界で、僕は生きる。かけがえのない〝相棒〟とともに。

し-7-16　1527

獅子の玉座〈レギウス〉
マサト真希
イラスト／双羽純

ISBN978－4－8402－4127－4

海を離れた元海賊の傭兵と、国土を蹂躙された亡国の聖王女。古の英雄が遺した《王獅子の至宝》をもとめ、彼ら二人が出会うとき、運命の物語が幕を開ける！

ま-7-8　1532

電撃文庫

アスラクライン
三雲岳斗
イラスト／和狸ナオ
ISBN4－8402－3090－0
高校入学を明日に控えたその夜、留学中の兄から銀色のトランクが届けられた。そして僕と操緒の秘密を巡る、あまりにも賑やかな、高校生活が始まった——。
み-3-16　1123

アスラクライン②　夜とUMAとDカップ
三雲岳斗
イラスト／和狸ナオ
ISBN4－8402－3179－6
かわいい女の子に囲まれ始まった高校生活。だけど、一人は幽霊、一人は悪魔、そしてもう一人はサイボーグ!? 普通の高校生智春は、どこへ行ってしまうのか!!
み-3-17　1160

アスラクライン③　やまいはきから
三雲岳斗
イラスト／和狸ナオ
ISBN4－8402－3308－X
個性強すぎの美少女たちに囲まれて、刺激強すぎの高校生活を送る智春。今度の敵は過労と記憶喪失!? トラブルの連続に、ますます加速するスクールパンク第3弾!!
み-3-18　1221

アスラクライン④　秘密の転校生のヒミツ
三雲岳斗
イラスト／和狸ナオ
ISBN4－8402－3449－3
智春のクラスに交換留学生がやってくる。貴族の末裔で美少女という前評判を聞きつけて、盛り上がるクラスメイトたち。しかし彼女は……。人気シリーズ第4弾。
み-3-19　1276

アスラクライン⑤　洛高アンダーワールド
三雲岳斗
イラスト／和狸ナオ
ISBN4－8402－3550－3
智春の前にまた新たな女の子が現れた。今度は小動物系美少女の沙原ひかり。美化委員の活動を通して親密な雰囲気になっていく二人だったが……。
み-3-20　1314

電撃文庫

アスラクライン⑥おしえて生徒会長!
三雲岳斗
イラスト/和狸ナオ
ISBN978-4-8402-3685-0

入学以来、めちゃめちゃな学校生活を送る智春は、その原因である行方不明の兄に会いに行くことを決意。そして兄の手がかりを知る人物を訪ねるが……!?

み-3-21 1374

アスラクライン⑦凍えて眠れ
三雲岳斗
イラスト/和狸ナオ
ISBN978-4-8402-3842-7

洛高の二年生が修学旅行へ出かけた。留守中、佐伯兄から洛高と玲子のことを託された智春だったが……。美少女たちに囲まれた高校生活が思わぬ急展開!?

み-3-22 1426

アスラクライン⑧真夏の夜のナイトメア
三雲岳斗
イラスト/和狸ナオ
ISBN978-4-8402-3934-9

アルバイトのため海辺のペンションに滞在中の智春たちだったが……。解き明かされていく二巡目の世界と悪魔出現の謎。絶好調スクールパンク夏休み篇!

み-3-23 1469

アスラクライン⑨KLEIN Re-MIX
三雲岳斗
イラスト/和狸ナオ
ISBN978-4-8402-4118-2

機巧魔神や悪魔出現の謎を解く鍵を握る人物とは、操緒の姉の女子大生、水無神環緒だった!? 大好評人気シリーズ、新たな特技を身につけ暴走気味の第9弾!

み-3-24 1523

ラッキーチャンス!
有沢まみず
イラスト/QP:flapper
ISBN978-4-8402-4123-6

疫病神から転職したばっかりのかわいい福の神・キチと、日本一不運な〝ごえん〟使いの高校生・外神雅人が贈る、問題いっぱいの学園ハッピーラブコメディ!

あ-13-20 1528

電撃文庫

レジンキャストミルク

藤原 祐

イラスト／椋本夏夜

ISBN4－8402－3151－6

「先輩、朝です。起きて下さい」。平凡な高校生・城島晶の枕元で、毎朝、中華鍋を無表情に叩く美少女、硝子。彼女の正体は、異世界から来た奇妙な存在で……。

ふ-7-6 1149

レジンキャストミルク2

藤原 祐

イラスト／椋本夏夜

ISBN4－8402－3278－4

相変わらずとぼけた日常を送る城島硝子とクラスメイトたち。だけどその内のひとり、姫島姫には硝子たちにも内緒にしている秘密があって……？

ふ-7-7 1207

レジンキャストミルク3

藤原 祐

イラスト／椋本夏夜

ISBN4－8402－3435－3

こんにちは、城島硝子です。クラスメイトの男子に海へ誘われてしまいました。あの、マスター……私どうするのが適当なのでしょうか？ とぼけつつも事態は緊迫の第3巻。

ふ-7-8 1264

レジンキャストミルク4

藤原 祐

イラスト／椋本夏夜

ISBN4－8402－3452－3

舞鶴 蜜のたったひとりの友達だった少女、直川君子。彼女に訪れた危機に、蜜は昔のことを思い出し、そして――。連続刊行！ シリーズ第4巻！

ふ-7-9 1279

レジンキャストミルク5

藤原 祐

イラスト／椋本夏夜

ISBN4－8402－3555－4

夏休みが終わり、二学期。晶たちのクラスである二年三組に、双子の転校生がやって来る。晶は彼らが【虚軸】かどうかを確認しようとするが……？

ふ-7-10 1319

電撃文庫

レジンキャストミルク6
藤原 祐
イラスト／椋本夏夜
ISBN978－4－8402－3763－5

この世界に戻ってきた晶の父親、城島樹。彼のもとへと赴いた晶たちに【無限回廊】が真実を語る時――。ほのぼの×ダークな人気シリーズ、緊張の第6弾！

ふ-7-12 1406

レジンキャストミルク7
藤原 祐
イラスト／椋本夏夜
ISBN978－4－8402－3882－3

虚軸たちを消滅させて世界の安定を図ろうとする城島樹。彼の企みを阻止するため、晶たちはついに反撃を開始する――！ 完結へ向け、ついにクライマックス突入！

ふ-7-13 1442

レジンキャストミルク8
藤原 祐
イラスト／椋本夏夜
ISBN978－4－8402－3976－9

大切な人を守るため、晶と硝子たちは最後の戦いに挑む。この世界そのものに対して抗う彼らは、果たして何を得、何を失うのか――。ついにシリーズ完結！

ふ-7-14 1484

れじみる。
藤原 祐
イラスト／椋本夏夜
ISBN4－8402－3641－0

城島硝子とちょっぴりヘンな仲間たちが贈るほのぼの100%連作集。蜜ちゃん初めての手作りお弁当、海水浴で大事件などなど、書き下ろしも加えて遂に文庫化！

ふ-7-11 1362

れじみる。Junk
藤原 祐
イラスト／椋本夏夜
ISBN978－4－8402－4124－3

城島硝子とちょっぴりヘンな仲間たちが再び贈る『レジンキャストミルク』番外編、第二弾！ 本編の後日談も含めた書き下ろし満載でお送りします！

ふ-7-15 1529

電撃文庫

れでぃ×ばと！

上月 司

イラスト／むにゅう

ISBN4－8402－3559－7

見た目は極悪不良な高校生、日野秋晴。そんな彼が編入したのは、執事さんやメイドさんを本気で育てる専科だったりして……!? 上月司が贈るラブコメ登場っ☆

こ-8-7　1323

れでぃ×ばと！②

上月 司

イラスト／むにゅう

ISBN978－4－8402－3687－4

見た目小学生な先輩が胸に秘める悩みとは……？ 執事を目指す、見た目極悪（でも実はビビリ）な日野秋晴のお嬢様＆メイドさんまみれな日々をお楽しみあれ♡

こ-8-8　1376

れでぃ×ばと！③

上月 司

イラスト／むにゅう

ISBN978－4－8402－3841－0

夏休み。しかし休みとて従育科は試験があるわけで、秋晴は試験でセルニア宅にお泊まりする事になったわけで!? 執事候補生×お嬢様ラブコメ第三弾ですっ♪

こ-8-9　1425

れでぃ×ばと！④

上月 司

イラスト／むにゅう

ISBN978－4－8402－3941－7

「ねぇ秋晴、デートしましょう？」――腹黒幼馴染み・朋美の爆弾発言が、さらなる波乱を呼び起こす!? 恋の逆鞘当て合戦がそりゃもう大加熱の第四巻登場っ!!

こ-8-10　1474

れでぃ×ばと！⑤

上月 司

イラスト／むにゅう

ISBN978－4－4121－2

秋も深まる二学期到来。秋といえば体育祭！ というわけで、朋美とセルニアは「秋晴と一緒に遊園地へ行く権」をめぐって体育祭で直接対決!? 第五弾ですっ。

こ-8-11　1526

電撃文庫

乃木坂春香の秘密
五十嵐雄策
イラスト／しゃあ
ISBN4－8402－2830－2

『白銀の星屑（ニュイ・エトワーレ）』の二つ名を持つ白城学園のアイドル、乃木坂春香。誰にも言えない彼女の秘密とは……!? 第4回電撃hp短編小説賞受賞者、初登場！

い-8-1　0998

乃木坂春香の秘密②
五十嵐雄策
イラスト／しゃあ
ISBN4－8402－3059－5

白城学園のアイドルにして超お嬢様の乃木坂春香の〝秘密〟を共有している裕人。彼女の秘密を守るため、夏休みでも必死です！ お嬢様のシークレット・ラブコメ第2弾♡

い-8-3　1103

乃木坂春香の秘密③
五十嵐雄策
イラスト／しゃあ
ISBN4－8402－3234－2

ちょっぴり親密になった夏休みも終わり、春香と裕人の学園生活が再開です。学園では超お嬢様・春香の秘密を守るために必死な裕人。そして春香の誕生日に――!?

い-8-5　1183

乃木坂春香の秘密④
五十嵐雄策
イラスト／しゃあ
ISBN4－8402－3447－7

季節は秋、学園祭シーズン到来。春香も楽しみなコスプレ喫茶の出店が決まったものの、実行委員の裕人と椎菜は大忙し。春香と話す機会も少なくなっていき――!?

い-8-7　1274

乃木坂春香の秘密⑤
五十嵐雄策
イラスト／しゃあ
ISBN4－8402－3634－8

12月を迎え、春香がメイドカフェで初めてのアルバイトをすることに。健気に頑張る春香に触発される裕人。そして待ちに待ったクリスマス、裕人の家で――。

い-8-9　1355

電撃文庫

乃木坂春香の秘密⑥

五十嵐雄策
イラスト／しゃあ

ISBN978－4－8402－3880－9

大晦日。一年最後の大イベント、冬コミに参加することになった春香と裕人は、サークルの手伝いをしつつ初めての同人誌を出すことに。そして年越しを迎え——!?

い-8-11　1440

乃木坂春香の秘密⑦

五十嵐雄策
イラスト／しゃあ

ISBN978－4－8402－4115－1

椎菜の誘いで、仲の良いクラスメイト達と三泊四日の温泉旅行に参加することになった裕人と春香。でも、女湯にまで誘われたワケではないのに、コレは一体!?

い-8-13　1520

嘘つきみーくんと壊れたまーちゃん　幸せの背景は不幸

入間人間
イラスト／左

ISBN978－4－8402－3879－3

僕は隣に座る御園マユを見た。彼女はクラスメイトで聡明で美人で——誘拐犯だった。今度訊いてみよう。まーちゃん、何であの子達を誘拐したんですか。って。

い-9-1　1439

嘘つきみーくんと壊れたまーちゃん2　善意の指針は悪意

入間人間
イラスト／左

ISBN978－4－8402－3972－1

入院した。僕は殺人未遂という被害で。マユは自分の頭を花瓶で殴るという自傷で。入院先では、患者が一人、行方不明になっていた。また、はじまるのかな。ねえ、まーちゃん。

い-9-2　1480

嘘つきみーくんと壊れたまーちゃん3　死の礎は生

入間人間
イラスト／左

ISBN978－4－8402－4125－0

街では、複数の動物殺害事件が発生していた。マユがダイエットと称して体を刃物で削ぐ行為を阻止したその日。僕は夜道で少女と出会う。うーむ。生きていたとはねえ。にもうと。

い-9-3　1530